Homère Le prince des poètes
ホメロス
――史上最高の文学者
古代から何世紀にもわたって
芸術がつくりあげてきたホメロスの世界は、
見事に歴史的なひとつの事実として存在している。（略）
ホメロスの不確かな人物像、
作品の年代に関する問題、
内容についての疑問点が存在するのは、
ホメロスの詩が世代を超えて脈々と受けつがれ、
完全に人びとに受けいれられている
証拠なのである。
アレクサンドル・ファルヌー 著
本村凌二 監修
遠藤ゆかり 訳
「知の再発見」双書151
絵で読む世界文化史

日本語版監修者序文

本村凌二

吟遊詩人という言葉にはなんともいえない響きがある。根なし草のさすらい人を思わせながら，なぜか郷愁をさそうのだ。そこには人間世界のおりなす出来事を語る者の祖形が感じられるのではないだろうか。

20世紀になっても，ヨーロッパで唯一，口伝の詩を朗誦する吟遊詩人がいた。そこはバルカン半島のユーゴスラヴィアであり，かれらはグスラリとよばれている。1930年代に，ある叙事詩学者がその地を車でめぐり，吟遊詩人の歌声を録音してまわったという。持ち帰ったレコードは3500枚以上もあったのだから，半端ではない。

吟遊詩人は何も見ることなく1週間歌いつづけ，ときどき飲物をとりながら休憩するだけだった。とうとう声が出なくなり，1週間ほど休んで，さらに1週間あまり歌いつづけた。やがて叙事詩の朗誦が終わったとき，それは1万3331行からなる大叙事詩の全貌が姿をあらわしたのである。

これらの叙事詩には，独特の旋律やリズムがあり，しばしばエピテトン（枕詞），定型表現，比喩がくりかえされているという。それはホメロスの叙事詩ときわめて似かよっていたのだ。われわれは『イリアス』や『オデュッセイア』を「読む」とかんたんに言うが，もともとの成り立ちからすれば，それらを「聞く」と言わなければならない。というのも，くりかえされる形容表現の数々も音声として耳にふれるとき，圧倒的な力を発揮するからだ。ただ文字を目でたどるだけなら，しばしばまわりくどく煩わしいだけにすぎない。

たとえば，ギリシアの最高神ゼウスは天空神であり，その登場の場面では，「雨を降らせる」「雲を集める」「雷を投げつける」などのエピテトンが前ぶれとなる。英雄のアキレウスには「神とも見まごう」「神のごとき」などのエピテトンがつく。文字で読めば，またかとうっとうしくなる。だが，音声が響けば，その度にゼウスやアキレウスの勇姿があざやかに浮かび上がってくる。

世界文学の最高峰とよばれるホメロスの叙事詩は，なによりも音声からなる物語である。人間の心をゆさぶる言葉は，文字ではなく，音声にこそある。現代のグスラリが世界を驚かせたのは，ホメロスの歌声が人の心に訴える力を今なおまざまざと思い知らせてくれたからだろう。

そもそも，前８世紀ころの盲目の詩人ホメロスが文字を知らなかったことは当然である。ホメロスの叙事詩を歌い継いだ吟遊詩人集団ホメリダイ（ホメロスの後裔）がもはや長大な叙事詩を記憶しなくなったころ，ギリシア世界では文字が用いられるようになったらしい。そして前6世紀には『イリアス』や『オデュッセイア』が文字に書きとめられ，今日に伝わるテキストの原型ができあがったのである。

だからホメロスの叙事詩は，音声としての言葉しかない世界なのである。そこでは，神々もたえず人間にささやきかけている。たとえば，ミケーネ王アガメムノンはアキレウスの戦利品だった女を奪った件をむしかえされて，こんな言い訳をする。

「その責めはわしにではなく，神々にある。その方々が集会の場でわしの胸中に無惨な迷いを打ちこまれたのであった」

現代の読者がこの部分を読むと，何かつまらない言い逃れをしているようにも聞こえる。だが，この弁解を聞いたアキレウスもアガメムノンのそうした態度を責めることはない。ここではアガメムノンが用いた「神々の声」が，現実のものと了解されているのである。

それは絵空事の空想であったのではなく，古代人には肌身に感じられることだったにちがいない。ともすれば，われわれ現代人は神々の声などとは幻聴か幻覚かぐらいにしか考えられない。だが，それはアガメムノンにもアキレウスにも現実のことであったのだ。そのことのもつ意味を現代人はよくかみしめてみなければならない。

かつてトロイア戦争は史実ではなく神話にすぎないと思われていた。だが，トロイアの都が夢想家の大富豪シュリーマンの手で発掘され，白日のもとにさらされた。今また，ホメロスによって描かれた古代人の心の世界が絵空事ではないとしたら，どうだろうか。まだまだ，探究すべき課題は少なくない。ひとまず，本書をひもとけば，史上最高の叙事詩人ホメロスの声が身近なものに感じられるだろう。

小神殿の前で竪琴をひき，詩を朗唱する詩人（前360～350年ころ）

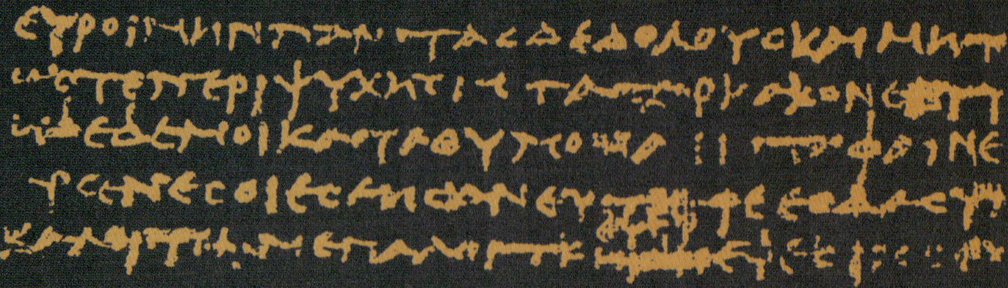

アカイア軍とトロイア軍の戦い（前540年ころ）

映画『トロイ』でアキレウスを
演じるブラッド・ピット(2004年)

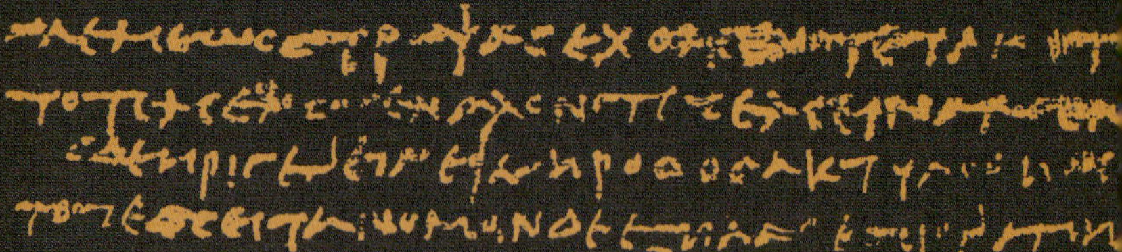

アキレウスの前でひざまずき，ヘクトルの遺体を返してくれるよう嘆願するプリアモス（2世紀）

左頁と同じテーマの絵画
（アレクサンドル・アンドレエヴィチ・イワノフ作　1824年）

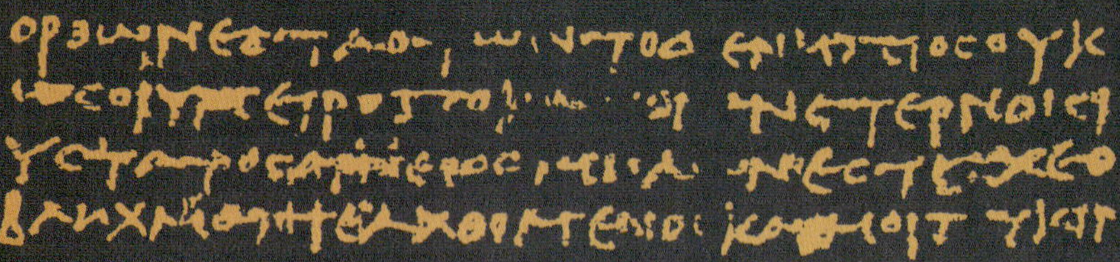

羊の腹の下に隠れて，巨人ポリュペモスのもとから逃げだすオデュッセウス（前510年）

左頁と同じテーマの絵画（ヤーコブ・ヨルダーンス作　1635年ころ）

妻ペネロペイアへの求婚者たちに弓を引く
オデュッセウス（450〜440年ころ）

左頁と同じテーマの絵画（トマ・ドジョルジュ作　1812年）

CONTENTS

ホメロス―史上最高の文学者―

アレクサンドル・ファルヌー❖著
本村凌二❖監修

「知の再発見」双書151
創元社

❖「大雨で水かさを増した川が海に注ぎこむとき，河口では大波がぶつかりあってうなりをあげ，大きな叫び声をあげて断崖で砕けちる。まるでそのような，すさまじい叫び声をあげて，トロイア軍は進んできた。一方，アカイア軍（ギリシア軍）は，（略）心をひとつにして，青銅の盾《たて》で壁をつくった」……………………………………………………………

『イリアス』第17歌

第１章

神と人間と英雄の物語

〔左頁〕パトロクロスの遺体をめぐる戦い――「鋭い槍《やり》を手にもち，彼らは（パトロクロスの）遺体をめぐって，休みなくぶつかりあい，執拗に殺しあう」（『イリアス』第17歌）

⇨羊の腹にしがみついて，巨人ポリュペモスのもとから逃げだすオデュッセウス（ブロンズ製のレリーフ）――「私は羊の腹の下にもぐりこみ，あおむけになって，羊の立派なふさふさとした毛を両手でぎゅっとつかんだまま，ぶらさがっていた」（『オデュッセイア』第9歌）

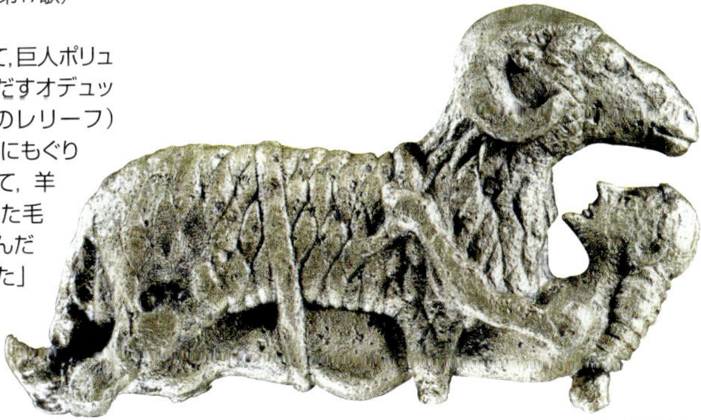

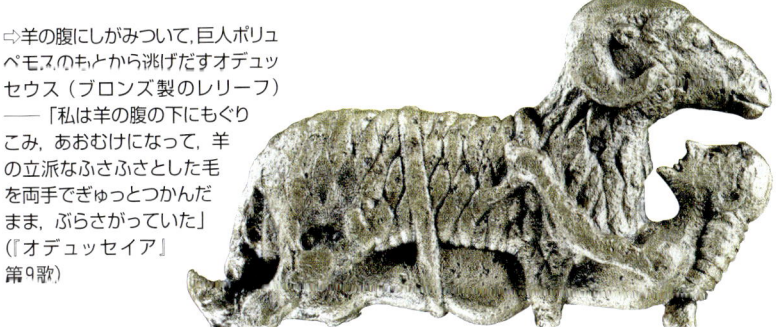

古代ギリシアの詩人ホメロスの叙事詩である『イリアス』と『オデュッセイア』は,「人類史上最高の文学」ともいわれ,世界中の文学のなかでつねに特別な位置をしめてきた。2500年以上も前から,世界各国のさまざまな年齢の人びとを感動させつづけ,各国語への翻訳も,子ども向けのものから学者向けのもの,有名な画家による挿絵入りのもの,詳細な注がついたものなど,非常に多くの種類がある。また『イリアス』と『オデュッセイア』は,さまざまな分野の芸術家たちの創作意欲を刺激してきた。なぜこれほどまでに,ホメロスの叙事詩は大きな影響力をもつことになったのだろうか。『イリアス』と『オデュッセイア』は,共に壮大な冒険物語である。『イリアス』ではトロイア戦争中のアキレウスの怒りについて,『オデュッセイア』ではトロイア戦争後に故郷のイタケに戻るまでのオデュッセウスの長い旅について語られている。このふたりの人物を中心に,大勢の英雄と神々が入り乱れ,複雑な物語が劇的に展開する。

⇧パリスの審判——トロイア王プリアモスの息子パリスが,美しさをめぐる3人の女神の争いの審判をさせられたことは,トロイア戦争の遠因のひとつとなった。しかし,実際に戦争がはじまったのは,パリスがスパルタ王妃ヘレネを略奪してからのことだった。

危機に瀕した国家

『イリアス』は，全24歌，合計約１万6000行からなる長編叙事詩である。この詩は，トロイア戦争全体をあつかったものではなく，トロイア軍に対するギリシア軍の勝利についても語られていない（トロイアの陥落については，『イリアス』の続編にあたる『オデュッセイア』の第８歌500～520行でふれられているだけだ）。テーマは，ギリシア軍きっての将軍アキレウスの怒りと，その結果起きた出来事だけなのである。

アキレウスは，戦利品としてあたえられた女性ブリセイスをギリシア軍の総大将アガメムノンに奪われたことに怒り，戦列を離れた。その結果，ギリシア軍の劣勢がつづいた。アキレウスの側近で親友でもあるパトロクロスは味方の苦戦を見かねて，アキレウスの武具を借りて出陣した。パトロクロスは戦死し，彼を殺したヘクトルに復讐するため，アキレウスは戦列に復帰した。アキレウスはヘクトルを殺し，その遺体を引きずりまわした。神々のとりなしと，ヘクトルの年老いた父であるトロイア王プリアモスの嘆願によって，ようやく彼はヘクトルの遺体を返した。

『イリアス』は，トロイア戦争10年目の，トロイア陥落直前

⇩愛人のブリセイス（左から2番目の女性）を奪われたアキレウス（右側に座る人物）の言葉――「やあ，ゼウスと人間たちの使者を務める伝令使たち。こちらへ来い。おまえたちが悪いのではない。悪いのは，ブリセイスをとりあげるためにおまえたちを使いに出したアガメムノンだけだ。

さあ，神のごときパトロクロスよ。娘をつれてきて，彼らに引き渡せ。しかしいつの日か，ひどい災難を追いはらうために，私がまた必要とされることがあるなら，至福なる神々，死すべき人間たち，そしてあの強情な王の前で，彼らに証人となってもらおう。

あの男の呪われた心は激高し，過去と未来を見すえて，船のそばで戦うアカイア軍（ギリシア軍）の安全を考えることなど，できないのだ」（『イリアス』第１歌）

の51日間の出来事を語ったものである。この約2ヵ月間の戦いで，両軍の英雄は数百人登場する。戦争に参加していた英雄たちもいれば，以前に偉業をなしとげた人物としてふれられているだけの英雄たちもいる。

両軍の英雄たちは第2歌で，船(1000隻以上）や兵士の数（ギリシア軍は10万人，トロイア軍は5万人）と共に，まとめて紹介されている。とくにすぐれた武力を誇る英雄として，ギリシア軍のほうは，ピュロス王ネストル，クレタ王イドメネウス，小アイアス（ロクリス王オイレウスの子）と大アイアス（サラミス王テラモンの子)，イタケ王オデュッセウス，総大将のミケーネ王アガメムノン，その弟のスパルタ王メネラオス，トロイア軍のほうは，トロイア王プリアモス（高齢のため，戦闘には加わらなかった)，その息子たちであるヘクトル，パリス，ヘレノス，リュキエ勢をひきいるサルペドン，トロイア王家の血をひくアイネイアスがあげられる。

一方,『イリアス』に登場する女性たちは，数こそ少ないが，重要な役割を演じている。絶世の美女ヘレネはスパルタ王メネラオスの妻だったが，トロイア王プリアモスの息子パリスに略奪された。トロイア戦争は，この出来事がきっかけで起きたのである。ブリセイスはアキレウスの捕虜で愛人となっていたが，ギリシア軍の総大将アガメムノンが横どりしたことで，アキレウスの怒りをまねいた。アンドロマケは，トロイア王プリアモスの息子ヘクトルの妻で，幼い息子を奪われ，みずからも男たちの狂気の犠牲者として声をあげている。

それぞれ異なる運命を担った大勢の人物が登場するこの叙事詩は，ひとつの物語のなかに別の物語があり，その物語

⇧妻に別れを告げる戦士——古代ギリシアの美術作品で，非常によく見られる表現である。

「なんてひどいかた。血気にはやれば，お命を落としかねないのに。幼い坊やのことも，まもなく未亡人になる私のことも，あわれんでくださらないのですか。

アカイア軍はすぐに押しよせてきて，あなたのお命を奪うでしょう。あなたを失ってしまったら，私は墓のなかに入るほうがましです。あなたがお亡くなりになったら，もうなんのなぐさめもなく，苦しみしか残りません」（ヘクトルと妻アンドロマケの別れの場面。『イリアス』第6歌）

のなかにさらに別の物語がある「入れ子式」の構成になっている。第1歌はいわば序章で，アキレウスの怒りの理由が説明されている。最後の第23歌と第24歌は，パトロクロスとヘクトルの葬儀という，物語の結末が語られている。それ以外の21歌では，戦闘と論争の場面がことこまかく描写され，それらが巧みに組みあわされている。

『イリアス』では，トロイア軍が150人，ギリシア軍が44人，合計194人の死者が出ている。英雄の多くは神の血を引いているが，神とは違い不死ではなく，死すべき存在なのだ。

この壮大な叙事詩は，たんに残酷な戦闘シーンを羅列するのではなく，たえず揺れ動いている人間の心に焦点をあてたために力強さを得た。つまり，怒りと赦し，憎しみと同情，反抗と忍従など，人間の心の矛盾する動き，複雑な感情を表現することで，生き生きとした作品になったのである。

「彼は勇将ヘクトルにひどい侮辱を加えようと，両足のくるぶしとかかとのあいだの腱《けん》に穴をあけ，そこに革ひもを通して戦車に縛りつけ，頭が引きずられるようにした。そして戦車に乗り，（略）馬にむちをあてると，馬は飛ぶように激しい勢いで走りだした」（『イリアス』第22歌）

⇩戦車に乗ってヘクトルの遺体を引きずるアキレウス――手前に見えるのは，ゼウスの使者である女神イリス。ヘクトルの父プリアモスに，息子の遺体を引きとりに向かうよう，告げに行くところ。

トロイアの木馬

このエーゲ海のミコノス島で出土したテラコッタの壺（前670年ごろ，部分）には，トロイアの木馬と，そのなかに潜んでいたギリシア軍の戦士たちが描かれている。

ホメロスはこの木馬に関する詳しい説明をしていないが，古代ローマの博物学者，大プリニウスによれば，ヘレニズム時代（前323〜前30年）にはたんなる台座を羊などと称して神々に奉納する習慣があった。このトロイアの木馬もそれと同じようなものだったという。

「『木馬の話を聞かせてくれ。女神アテナの助けを得てエペイオスがつくり，勇将オデュッセウスがそのなかに戦士たちを潜ませ，イリオン（トロイア）の城内に運んで敵をあざむいた木馬の話を』。

暗誦詩人が選んだ場面は，アルゴス軍（ギリシア軍）が自分たちの陣営を焼きはらい，船でその場を去ろうとする一方で，名高いオデュッセウスがひきいる一行は，木馬のなかに潜んだ状態で，すでにトロイアの広場にいる箇所だった。(略)

それから吟遊詩人は，木馬から出た一行が町を破壊し，船で待機していたアカイア軍も舞いもどって，思い思いの場所で城内を荒らしまわる様子を歌った」（『オデュッセイア』第8歌）

⇦オデュッセウスの帰還を待ちながら機《はた》を織るペネロペイアと，息子のテレマコス――ペネロペイアはしつこい求婚者たちに対して，義父の死装束を完成させたら返事をすると約束し，昼間に布を織っていたが，夜になるとそれをほどく毎日を送っていた（『オデュッセイア』第2歌）。

古代から，ペネロペイアは伝統的に貞節で毅然とした女性のイメージを保ちつづけてきた。しかしホメロスは，夫を待ちつづけるべきか求婚者たちに屈するか，ためらうペネロペイアの姿も描いている。旅先で，母親の優柔不断な態度を知ったテレマコスは，女神アテナの助言に従って，すぐに帰郷した。

〔右頁〕求婚者たちの殺害――右側で，オデュッセウスは矢を放ち，テレマコスは盾《たて》をかざし，オデュッセウスに忠実な豚飼いエウマイオスは槍《やり》を振りまわしている。ホメロスが語るところによると，求婚者たちは食卓を立てて攻撃から身を守ろうとした（『オデュッセイア』第22歌）

流浪の父の帰還

『オデュッセイア』も同じく全24歌からなるが，『イリアス』よりも短く，合計約1万2000行の長編叙事詩である。この詩は，トロイア戦争で活躍したギリシア軍随一の策略家であるイタケ王オデュッセウスの帰郷について語ったものだが，帰途の波乱に満ちた数々の冒険談が大部分をしめている。

物語のおもな舞台はイタケ島で，冒頭の第1歌と第2歌，第4歌の一部，第13歌から最後の第24歌の話がイタケ島で展開される。イタケ島では，オデュッセウスがいないあいだに彼の妻に求婚する男たちが争いをくりひろげていたが，最後にはオデュッセウスが王の地位をとりもどす。

トロイア攻略後，オデュッセウスやほかのギリシア軍の英雄たちは，予期せぬ出来事に出会ってなかなか帰郷できなかった。その内容は，ピュロス王ネストル（第3歌），スパルタ王メネラオス（第4歌），そしてオデュッセウス自身（第7歌，第9歌〜第12歌）が語るエピソードの形，あるいは，吟遊詩人の歌の形で作品にもりこまれている。このような構成をとることで，実際には10年間つづいたオデュッセウスの流浪生活が，41日間の出来事として語られているのである。

一方，『オデュッセイア』は，オデュッセウスの息子テレマコスの物語でもある。テレマコスは，イタケの宮殿に残っていたが，母ペネロペイアにしつこくいいよる求婚者たちの横暴に耐えかねて，父を探すための旅に出る。最初の4歌は彼の旅の話で，そのあとオデュッセウスの冒険談がつづき，第15歌でテレマコスはイタケに戻る。その後，彼は父と協力して，求婚者たちを殺害する。

しかし，なんといっても『オデュッセイア』でもっとも有名なのは，オデュッセウスの冒険談である。オデュッセウスは帰郷の途中で海神ポセイドンの怒りを買ったため，ポセイドンのさまざまな妨害にあって，なかなか旅を進めることができなかった。怪物キュクロプス，魔女キルケ，女神カリュプソ（この女神はオデュッセウスにほれこんで手放そうとしなかった），恐ろしい海の怪物セイレンなどに悩まされ，たびたび嵐に遭遇し，さらには死者の国にまで行かされた。だがどんな困難に出会っても機転を利かせて切りぬける英雄オデュッセウスの冒険談は，人びとの想像力を激しくかきたてた。

「そのとき，思慮深いオデュッセウスは，ぼろ着を脱ぎすてて敷居の上に飛び乗った。彼は手に，弓と矢を満たした矢筒をもっていたが，矢筒の中身を足元にばらまくと，求婚者たちにいった。『お遊びは，ここまでだ。(略)』。オデュッセウスが矢を射ると，矢はアンティノオスの首にあたり，やじりがのどを貫いてうなじから抜けた。激しい衝撃を受けて，彼はあおむけに倒れ，その手から杯が落ち，鼻からは血がどろどろと噴きだした。とっさに食卓を蹴とばしたので，焼いた肉もパンも，すべての料理が床に散らばり，ほこりにまみれた」（『オデュッセイア』第22歌）

オデュッセウスの冒険

オデュッセウスの冒険談は，ギリシア美術の題材として，ひんぱんに使われた。とくに前6～前4世紀のアッティカ赤像式や黒像式と呼ばれる陶器が知られている。

左頁上は，恐ろしい海の怪物セイレンとオデュッセウス，左頁下は，怪物キュクロプスのひとりであるポリュペモスの目をつぶすオデュッセウスと部下たちを題材とした作品。このふたつのエピソードが描かれた陶器の数は，非常に多い。

右頁は，オデュッセウスの部下たちを豚に変える魔女キルケを題材としたもの。このエピソードが描かれた陶器の数は，それほど多くない。

また，ロトパゴイの国やトリナキエの島に上陸したときのエピソードなど，古代ではほとんど図像の題材とならなかったものもある。怪物や空想上の生物の姿について，ホメロスはあまり具体的に説明していない。そのため，図像として表現することが難しいケースもある。たとえば，美しい歌声で船人を惑わすセイレンは，鳥，人魚，竪琴を弾く女性の姿などで描かれる。他方，12本の足と，6つの巨大な頭，それぞれの頭に3列にぎっしりつまった歯をもつスキュラは，どのような姿をしているか，比較的簡単に想像できる。

⇧アキレウスに武具を渡すテティス——「『ヘパイストスがつくってくれた見事な武具を受けとっておくれ。いままでどのような人間も，肩につけたことがない立派な武具だから』。そういうと女神（テティス）は，武具をアキレウスの足元に置いた。（略）彼は神から授かったすばらしい贈り物を手にして喜んだ」（『イリアス』第19歌）

行動する神々

『イリアス』と『オデュッセイア』には，オリンポスの山に住む神々も数多く登場し，地上の出来事に介入する。これらギリシアの神々は，人間と同じような姿形をしており，死ぬことはないが怪我は負う。また人間と同じように，怒りや愛，友情，誠実さ，嫉妬，恨みなどを感じ，人間と同じように感情に突き動かされて行動する。

『イリアス』では，神々はトロイア軍とギリシア軍の両陣営にわかれて，それぞれの味方についた。アポロン，アプロディテ，アレスはトロイア側，ヘラ，ポセイドン，アテナはギリシア側である。神々はさまざまな方法で，自分が味方であることを人間に伝える。励ましの言葉をかけたり，提案をしたり，鳥や夢などの形で前兆を告げたり，相手をあざむいたり，さらには直接手をくだすこともある。たとえばメネラオスとパリスが一騎打ちしたとき，アプロディテは形勢が不利なパリスを守った。また，神々は人間のように，ことあるごとに集まって相談し，人間のように激しく口論する。

〔右頁下〕アイアスとヘクトルの一騎打ち——アイアスにはアテナが（左），ヘクトルにはアポロンが（右），それぞれ味方についている。ヘクトルが地面に倒れたとき，「すぐにアポロンが彼を立ちあがらせた」（『イリアス』第7歌）

一方，『オデュッセイア』では神々の存在はあまり目立たないが，やはり重要な役割をはたしている。たとえば海神ポセイドンの怒りが原因で，オデュッセウスは帰郷の途中で数々の苦難を味わった。しかし一方で女神アテナは，大事な場面で何度もオデュッセウスを助け，彼を無事に帰還させている。

さらに人間と神々は血縁関係をもっている場合もある。たとえばアプロディテはトロイア王家の血をひくアイネイアスの母で，テティスはアキレウスの母である。血縁関係があることも，神々が積極的に人間界の出来事に介入する理由のひとつだ。神々は最高神ゼウスの意向を無視して行動することも多く，その結果，人間に大きな不幸をもたらすケースもある。一例をあげれば，アテナとアプロディテを相手に美しさを競って負けたゼウスの妻ヘラは，この争いの審判をしたパリスに腹を立て，そのことがトロイア戦争の間接的な原因となった。

このように，『イリアス』と『オデュッセイア』は，神々の意図と人間の運命が複雑にからみあった物語だといえる。

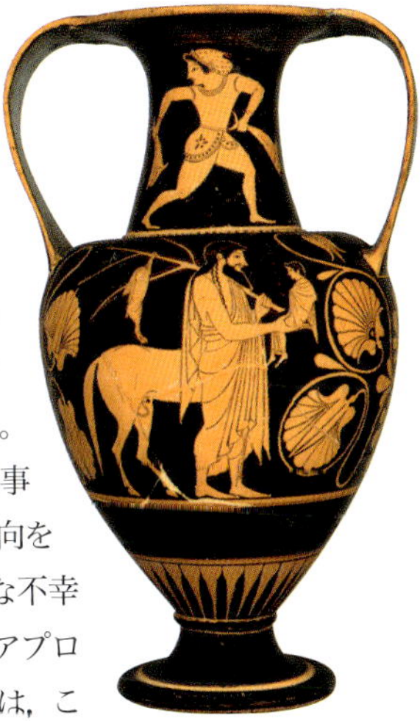

⇧少年アキレウスをかかえあげるケンタウロス（半人半馬の怪物）のケイロン——英雄のなかには，神々や半人半獣の生き物の手によって育てられたものもいた。

人間たちの世界

『イリアス』と『オデュッセイア』に登場する英雄たちは，並はずれた存在である。神の血を引いているか，神に守られた彼らは，人間離れした体格や腕力を備えており，普通の人間では不可能なことをやってのける。

たとえば，アキレウスはトロイア軍に味方する河神スカマンドロスと戦って撃退し，ギリシアの英雄ディオメデスは何時間も疲れを見せず前線で戦い，トロイア兵を大勢殺したばかりか，軍神アレスにも傷を負わせた。また，オデュッセウスは怪物キュクロプスのひとりであるポリュペモスに戦いを挑んで勝利を収めた。

しかし，『イリアス』と『オデュッセイア』の本当の目的は，人間と人間の感情を歌うことにある。事実『イリアス』は，「怒りを歌え，女神よ。ペレウスの子アキレウスの怒りを」という文章ではじまっている。また『オデュッセイア』の冒頭では，この物語が「なんとしてでも生きのび，部下たちをつれて帰

⇧ヘクトルの遺体を返してくれるようアキレウスに懇願するプリアモス──アキレウスは，自分の武器とヘクトルの武器をまわりに置いて，宴会用の寝椅子に横たわっている。ヘクトルの遺体は，寝椅子の下にある。

この場面は，図像として非常に人気があった。プリアモスが息子の遺体と引きかえにするためにもってきた金品が一緒に描かれることも多かった。

「プリアモスは誰にも見られずになかへ入ると，アキレウスのそばまで行き，彼のひざにすがり，彼の手，大勢のわが子を殺した恐ろしい殺人者の手にキスをした」（『イリアス』第24歌）

るために戦いつづけ，海上であまりにも多くの苦しみを味わった男」の冒険譚であることが説明されている。

『イリアス』の舞台では，ヘクトルと妻アンドロマケの誠実な愛，ヘレネに対するパリスの熱狂的な欲望，アガメムノンに対するアキレウスの強烈な恨みなど，登場人物がいだくさまざまな感情が，作品のなかで見事に表現されている。

さらにホメロスは，英雄たちを多面的に描きだしている。たとえばアキレウスは，パトロクロスを火葬するとき，捕虜にしたトロイア人たちを平然といけにえにしたが，息子ヘクトルの遺体を返してくれるようプリアモスが頼みにやってきたときにはそれに応じ，人間の過酷な運命を嘆いてプリアモスと一緒に声をあげて泣いている。

登場人物がいだく感情は，妻子と別れる悲しみや母を思う子の気持ちなど，素朴で普遍的なものが多い。そして「ゼウスは私たちが後世にまで歌いつがれるようにと，こんなつらい運命をくだしたのです」と，ヘレネが義兄のヘクトルに語るように，彼らは不確実な運命を生きる人間の苦しみは，来るべき栄光のためのものだと悟っていたのである。

⇩物乞いの姿でペネロペイアの前に立つオデュッセウス ── 右端がオデュッセウス。ペネロペイアのうしろにいるのは，彼女に求婚している男たち。

「賢明な女性であるペネロペイアはいった。『息子よ。私の心は驚きでしめつけられ，なにかいうことも，たずねることも，まともに顔を見ることもできないのです。

この人が本当にオデュッセウスで，家に帰ってきたのならば，私たちはたがいにそうだと，簡単に知ることができます。ほかの人が知らないふたりだけの秘密のしるしがあるからです』」（『オデュッセイア』第23歌）

「現実の確かな存在感」（ドイツの詩人シラーの言葉）

⇧ヘパイストスの手からアキレウスの武具を受けとるテティス——鍛冶の神ヘパイストスは，テティスの依頼を受けて，自分の工房でアキレウスの武具をつくった。

「彼は，かたい青銅，錫《すず》，高価な金，銀を火のなかに入れ，大きな鉄床《かなとこ》を台の上に乗せて，片方の手に丈夫なハンマーを，もう片方の手に火ばさみを握った。

彼は最初に，大きくて頑丈な盾《たて》をつくった。まわりには光り輝く3重のふちをつけ，銀のひもをたらした。盾は5層からなり，工夫を凝らしたさまざまな装飾がほどこされていた」（『イリアス』第18歌）

トロイアでもギリシアでも，英雄たちは神々に対する日々の義務を忘れなかった。彼らは神々に酒やいけにえを捧げ，死者を火葬する際にはたくさんの供物を奉納した。そうすることで，彼らは神々の加護を受けることができた。人間と神々は，一体となって政治秩序をつくりあげていたのである。

王は人間のなかから選ばれたが，それは彼がほかの者たちより良い家柄の生まれだったり，勇敢だったり，財産を多くもっていたり，神々を深く敬っていたからだった。英雄の世界では，勇敢さと豊かさが，共に同じくらい価値のあるものと考えられていた。

ホメロスの叙事詩では，英雄たちの日常生活もこまかく描写されている。『イリアス』では，彼らは家畜を殺して食事の用意をし，『オデュッセイア』では，オデュッセウスの宮殿の貯蔵室や武器庫の様子が語られている。また，田園生活，職人たちの仕事，狩猟など，日々の労働に関する非常に具体的な記述が随所で見られる。

さらに，「黄金の鋲《びょう》が散りばめられた」ネストルの杯や，「モミの木と葦《あし》」でつくられたアキレウスの小屋なども，くわしく描写されている。『イリアス』の第10歌では，オデュッセウスの兜《かぶと》について，次のように説明されている。

「内側には何本もの革ひもがしっかり張られ，外側はイノシシの白い牙がぎっしりと見事な細工できれいにはめこまれ，中央はフェルトで裏打ちされている」

ギリシア軍が船団を守るためにつくった城壁，オデュッセウスが囚われの身となったポリュペモスの洞窟，女神カリュプソのもとを去るときにオデュッセウスがつくったいかだなども，豊富な語彙によって非常に写実的に語られている。真実味あふれる描写は，英雄たちの世界を人間の世界と結びつけることに役だっているだけでなく，物語の展開にも大きな説得力をあたえている。

たとえば，『オデュッセイア』の最後に出てくるオデュッセウスとペネロペイアの夫婦のベッドは，大地に根を張ったオリーヴの木でできているが，そのことを知っているのは彼らふたりだけで，このベッドの詳細について語ったオデュッセウスを，ペネロペイアは夫であると確信するにいたるのだ。

⇩トロイア戦争の3つの場面が描かれた壺（前4世紀末，部分）――上段には，ヘクトルの遺体を返してくれるようアキレウスに嘆願するプリアモス，中段には，パトロクロスの火葬時にいけにえにされる捕虜たち，下段には，戦車に乗ってヘクトルの遺体を引きずるアキレウスが描かれている。

❖古代から19世紀まで，『イリアス』と『オデュッセイア』はひとりの偉大な詩人によって書かれたという考えが支配的だった。この偉大な詩人，つまりホメロスが，『イリアス』と『オデュッセイア』のすべて，あるいは部分的な作者だとされてきたのである。しかし，ホメロスがいったいどのような人物だったのか，正確なところはわかっていない。この「ホメロス問題」は，ヨーロッパ文学の歴史上，もっとも大きな謎のひとつとなっている。……………………………

第２章

ホメロスの実像

〔左頁〕『ホメロスの胸像を見つめるアリストテレス』レンブラント作――オランダの巨匠レンブラントは，ギリシア文化の創始者といえる詩人ホメロスと哲学者アリストテレスを，このような形で結びつけている。アリストテレスはホメロスを，あらゆるギリシア文学の原点と考えていた。

⇨ホメロスの肖像。

断片的な手がかり

古代からホメロスに関しては，いくつかの伝記や紹介文，ヘロドトスやトゥキュディデスなどの歴史家による記述，ルキアノスなどの風刺作家による文章などが存在した。伝記作者たちは，ホメロスの作品や伝説のなかから，とるにたりないエピソードをただ寄せ集めただけの，奇妙なホメロス像をつくりあげた。それらの伝記には，ホメロスの叙事詩に出てくる人物が登場したり，ホメロスは目が見えなかったとか，各地を放浪中に神々から霊感をあたえられて詩をつくったという話などが語られている。

これらの伝記は信頼性に欠けるが，少なくとも当時の人びとがいだいていた疑問に答えようという姿勢は見られる。つまり，ホメロスはどこで生まれたのか，どこで死んだのか，どの時代の人物なのか，家族はどのような人たちだったのか，彼が実際に書いた作品はなにか，などといった疑問である。その答えは，伝記作者によって非常に異なっている。「詩聖」と

⇧物乞いをするホメロス（17世紀の版画）――古代を通じてホメロスは，ひげを生やしていたり，生やしていなかったり，目が見えなかったり，文字を読んでいたりと，さまざまな姿で描かれた。

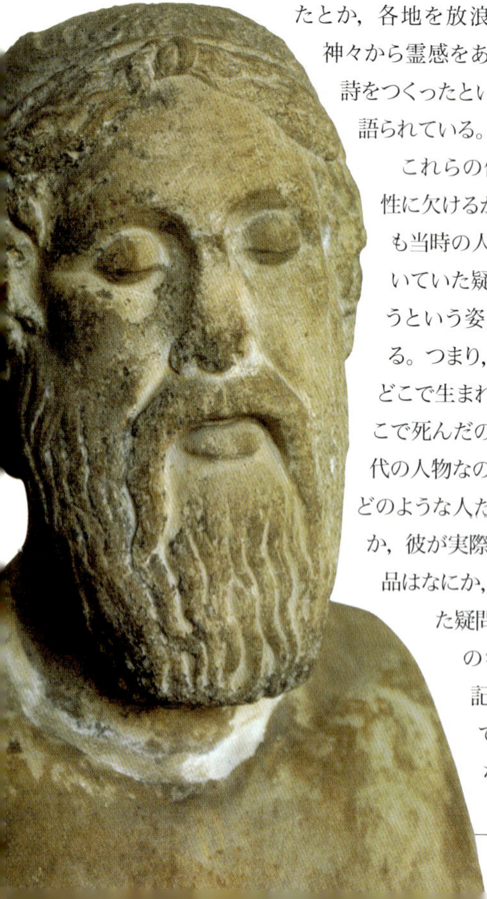

⇦前5世紀のギリシアのオリジナルをローマ時代に複製した大理石像――ホメロスの像は，庭園，図書館，体育場などに飾られた。5世紀末に，エジプトの詩人クリストドロスは，東ローマ帝国の首都コンスタンティノープルで見たホメロス像について，こう語っている。「高齢の男のように見えたが，気もちのよい年の重ね方だった。いまだに完璧な気品が漂っていたからだ。（略）額ははげあがっていたが，その額は若々しい英知で輝いていた。眉毛は突き出ていたが，それは彼の目が見えなかったためである」

よばれたホメロスの人物像は，まったく謎のヴェールにつつまれているのである。

ホメロスの生涯

ヘロドトスが書いたとされている伝記によると，ホメロスはエーゲ海に面する都市スミルナで生まれた。父親はわからない（哲学者アリストテレスは，詩の女神たちに従う精霊のひとりだという）。母は，キュメという港町に住むメラノポスという人物の娘クレテイスで，メレス川のほとりで子どもを生み，「メレスの生まれ」という意味でメレシゲネスと名づけた。この子どもが，のちのホメロスである。

クレテイスはスミルナで学校の教師をしていたペミオスという男と結婚し，メレシゲネスと共に幸せな日々を送った。メレシゲネスは非常に賢く，ペミオスのあとを継いで教師となった。その後，弟子のひとりだったメンテスという船主に説得され，メレシゲネスは船旅に出発し，小アジアからスペインまで地中海を旅してまわり，見聞を広めた。

旅の途中でイタケ島に寄ったとき，メントルという人物のもとで，彼はオデュッセウスに関するさまざまな伝説を聞いた。その後，メレシゲネスはこの旅のあいだに病気にかかり，失明した。失明後，彼はキュメ地方の方言で盲人を意味するホメロスという名前で呼ばれるようになった。彼は生活のために，詩の朗誦をしながら各地を転々とした。

⇩『ホメロスと案内人』ウィリアム・ブグロー作（1874年）——古代では，ホメロスの生活が絵に描かれることは，ほとんどなかった。逆に近代になると数が増えてきて，19世紀にはアカデミックな絵画でよくとりあげられるテーマとなった。

彼が歌う詩は人びとのあいだで評判になり，彼の詩を盗作するものまで登場した。たとえばキオス島のテストリデスという人物はホメロスの詩を自分の作品として発表した。テストリデスを糾弾するためにホメロスはキオス島に渡り，そこで『イリアス』と『オデュッセイア』をつくり，結婚し，子どもを授かった。その後,彼は自分の作品を世に知らしめるため,船に乗ってアテナイに向かった。しかし途中のイオス島で病気になり，そこで亡くなって埋葬されたという。

この伝記の骨格をもとに，ほかの伝記作者たちは細部をさまざまに変更した作品を書いた。ホメロスが生まれた場所(10ヵ所以上の説があり，エジプトやローマだという伝記もある)，彼の血筋（オデュッセウスの息子テレマコスの子, 詩の女神カリオペの子, など), 名前の意味（ホメロスはギリシア語で人質を意味する)，死因などである。ホメロスが失明したという点は共通しているが，パリスとの恋愛を詳細に語ったことでヘレネの怒りを買ったとか，アキレウスの墓を訪れたときにアキレウスの武器の輝きで目が傷ついたなど，理由は一定していない。

風刺作家のルキアノスは，こうしたさまざまな説を一蹴し，魂の生まれ変わりをテーマにした風刺的作品のなかで，ホメロスはトロイア戦争のことなどなにひとつ知らなかった，トロイア戦争時に彼は東洋のかなたのバクトリアのラクダだったから，といっている。また，ビザンツ時代に編纂された辞書『スーダ』(10世紀末から11世紀初頭に成立) のホメロスの項目には，誰もホメロスについて知らないと書かれている。

伝記作者たちはホメロスが生きた時代についてもさまざまな想像をめぐら

⇩フィリップ・ローラン・ロランが制作したホメロス像（1812年）——近代と同じく古代でも，芸術家たちはホメロスの姿を表現する際に，竪琴，笏《しゃく》，パピルスの巻物，本，杖，ずだ袋など，さまざまな小道具をつけ加えた。また,王座に座ったり，岩にもたれかかる姿で描かれていることも多い。ホメロスの図像からは，「詩聖」であると同時に，物乞いをして生活する詩人の姿が見てとれる。

せ，その時代の大事件をホメロスと結びつけようとした。たとえば，古代人が実際に起きたと信じていたトロイア戦争，ヘラクレスの子孫たちの帰還，最初の古代オリンピック（前8世紀）などである。また，ギリシア神話に登場する吟遊詩人オルフェウスや古代ギリシアの詩人ヘシオドスなどと同時代人だとしている伝記もある。ヘロドトスは，「ホメロスは自分より400年以上前（前850年ごろ）の人間ではない」といっている。

ホメロスは，自分が語った出来事が起きたときに生きていたのだろうか。それとも，古い記録をもとに，それらの出来事を語ったのだろうか。

⇩『アテナイの城門前で「イリアス」を歌うホメロス』ギヨーム・ルティエール作（1760～1832年）──ホメロスを題材とした古代の美術作品では，ヘシオドスやピンダロスなど当時の著名な詩人たち，『イリアス』や『オデュッセイア』を擬人化したもの，彼が住んでいたという町，カリオペをはじめとする詩の女神たちなどが，一緒に描かれることが多かった。

19世紀になると，羊飼いや漁師など，普通の人びとにかこまれたホメロスの姿が描かれるようになった。

不確かな作品

一方，ホメロスが書いたとされている作品についても，はっきりしたことはわかっていない。古代の人びとの多くは，『イリアス』と『オデュッセイア』がホメロスのものだという考えには同意したが，そのほかの約30の作品については懐疑的だった。警句のような短い文章，神々をたたえる歌（これは現在でも『ホメロス賛歌』と呼ばれている),『キュプリア』『小イリアス』『イリオン陥落』『ノストイ』などの叙事詩，『カエルとネズミの戦い』や『クモの戦い』などのパロディ詩，『陶工たちの歌』などの奇妙な詩の数々が，ホメロスの作品であるかどうかをめぐって議論が行なわれた。

これらの作品は，『ホメロス賛歌』など現存するものもあるが，大部分は断片的に，あるいはあらすじだけしかわからず，なかには題名しか残っていないものもある。ギリシアの哲学者プラトンは，ホメロスの未発表の詩が，ホメロスの子孫たちによってキオス島で大切に保管されていると書いている。また，風刺作家のルキアノスは，ホメロス本人から手稿本をもらったがなくしてしまった，とうそぶいている。

さらに，『イリアス』と『オデュッセイア』についても，本

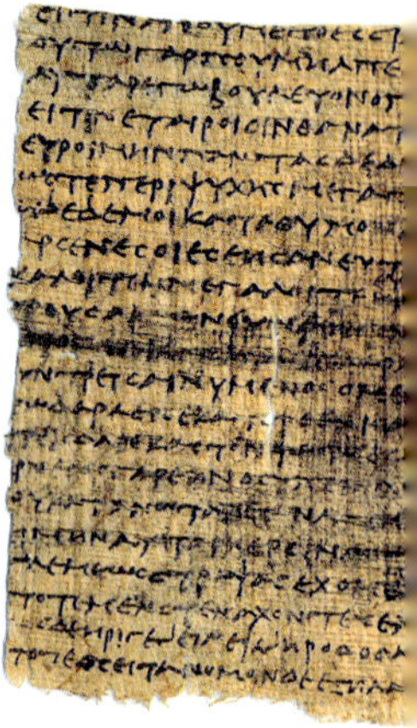

⇙『カエルとネズミの戦い』から抜粋した版画（1540年）——この作品は，まじめな叙事詩のスタイルで書かれたパロディ詩である。

ネズミ国の王子プシカルパクスが，カエル国の女王ピュシグナトスのせいで死んだ。復讐のため，ネズミ国はカエル国に戦いを挑んだ。若くて勇敢なメリダルパクスは，ネズミ軍を勝利に導いた。しかしゼウスが介入してカニ軍を送ったため，ネズミ軍は退散した。

イソップ物語によく似たこの作品は，古代社会で非常に人気があった。

当にホメロスの作品なのかどうかという議論が活発に行なわれた（『イリアス』も『オデュッセイア』も，詩人の手による手書き原稿は残っていない）。のちの時代に加筆された部分があるという説や（たとえば『イリアス』の第10歌や『オデュッセイア』の第24歌），文体や目的が非常に異なることから，『イリアス』と『オデュッセイア』は別の作者の作品だという説も登場した。

すべてのギリシア文学を収集・研究するために建設されたエジプトのアレクサンドリア図書館では，前3～前1世紀に，学者たちが『イリアス』と『オデュッセイア』を1行ごとに分析して，長い注釈をつける作業を行なった。また，小アジアのペルガモン図書館では，デメトリオスはたった60行に30巻におよぶ注釈を施した。

古代の歴史家たちは，前6世紀の政治権力者たち，たとえばアテナイでは政治家ソロンと彼のあとに実権を握ったペイシストラトス，スパルタでは伝説的な立法者リュクルゴスが散在した『イリアス』と『オデュッセイア』の写しを蒐集し，公式テキストを確定した，と考えていた。実際には，町の守護女神アテナをたたえるためのアテナイでの祭典など，宗教的な祭典で詩が朗誦される場合，詩全体ではなく，詩のな

⇧前3世紀末のエジプトのパピルスに書かれた『オデュッセイア』第9～10歌――これは，現存する『オデュッセイア』のもっとも古い写本のひとつである。複数の人間の手による加筆，修正，削除のあとが見られるが，詩句は正確に数えられており，斜線でしるしがつけられている（このしるしは，写本者の給料を決めるためにも役だった）。

アリスタルコスやゼノドトスといったアレクサンドリア図書館の学者たちは，校訂本をつくるためにこのような写本を研究した。写本のなかには余白にト書きが記されているものもあり，これは吟遊詩人が歌うときに使われたものと思われる。

かの一部が歌われた。

このような事情から，ホメロスの詩が散逸したり改ざんされる危険があることを，古代の人びとは認識していた。そのため彼らは，ホメロスの子孫でホメロスの作品の保管者を自任するホメリダイというキオス島の詩人たちのグループの権威を認めていた。ホメリダイは，ホメロスのオリジナルの歌を暗誦し，正確に伝承する責任を負っていた。前5世紀に，プラトンは『イオン』のなかで，彼らのことにふれている。

古代ギリシアの学者たちは，『イリアス』と『オデュッセイア』は，トロイア戦争を題材とする，それぞれ作者の異なるいくつもの作品からなる一連の物語のなかに位置づけられるという結論を出した。この一連の物語は，大きくわけて3つの部分からなる。

ひとつめは「ホメロス以前」の物語で『キュプリア』がこれを扱う。ふたつめが「ホメロス物語」で，これを扱うのは『イリアス』のみである。3つめは「ホメロス以降」の物語で，ミュティレネのレスケスによる『小イリアス』（死んだアキレウスの武具をめぐる争いから木馬の建造までを歌った詩），ミレトスのアルクティノスによる『イリオン陥落』（トロイアの陥落），トロイゼンのアギアスによる『ノストイ』（ギリシア軍のおもな英雄たちの帰国物語），ホメロスの『オデュッセイア』がこれを扱う。

このなかで，『イリアス』と『オデュッセイア』以外の作品は，さまざまな作家による引用として残る断片や，ギリシアの著作家アポロドロス（1～2世紀）や哲学者プロクロス（5世紀）による要約，さらにはそれらをもとにして書かれた作品（たとえば，4世紀スミルナの詩人クイントゥスの『ホメロス以降』）の形でしか残されていない。

⇧トロイア略奪時に，ヘクトルの息子アステュアナクスを城壁の上から投げ落とす，アキレウスの息子ネオプトレモス——この残酷なエピソードは，トロイアの陥落をテーマにした『イリオン陥落』で語られる。

ネオプトレモスはトロイア王プリアモスも殺したが，殺される前にプリアモスはネオプトレモスの一族に呪いの言葉を吐いた。アキレウスの子孫を自称していたマケドニアのアレクサンドロス大王（前4世紀）は，自分の一族の守護神ゼウスにいけにえを捧げて，その呪いをはらおうとした。

古代には，ギリシアのデルフォイに，ネオプトレモスの墓所があったという。

⇧スキュロス王リュコメデスの娘たちのなかから，女装したアキレウスを見破るオデュッセウス——『キュプリア』にも『イリアス』にも出てこないこのエピソードは，ヘレニズム時代（前323～前30年）以降，非常に広まった。

終わらない論争

中世ヨーロッパでは，ホメロスへの関心はあまりなかった。その理由は，おもにふたつある。ひとつは，ヨーロッパではラテン語で書かれた古代文学が広く普及していたため，トロイア戦争をあつかった文学では，たとえばローマの詩人ウェルギリウスの『アエネーイス』のほうがはるかに知られていたからである。

イタリアの詩人ペトラルカは，ギリシア語がわからなかっ

CY COMANCE LA TRASLACŌ DU P̄MIER LIVRE DENEYDES

Jay entrepris de coucher en mes vers
Le cas de troye qui fut mise a lenvers
Les batailles et armes qui si feirent
Par les gregeois quant jadis la deffirent
Et de traicter aussi par mes escriptz
Qui fut celuy apres tieux plainctz et cris
Qui premier vint de troye desmolie
Prendre seiour au pays dytalie
Et il fuitif par le vouloir des dieux
En lavine vint eslire ses lieux
Jacoit pourtant que mainte forte guerre
Luy feist fortune et par mer et par terre
Et que Juno qui de luy se douloit
Luy feist empesche daller ou il vouloit
Et moult souffrit de travaulx et de peine
Quant il bastit sa cite premeraine
Et quil logea ses penates troyens
En latye par certeins moyens
Dont print certes origine et naissance
Le nom latin et vindrent en essence.

たので，ビザンツ帝国の大使から贈られたホメロスの写本を読むことができなかった。一方，ギリシア語を知っていたイタリアの詩人ボッカッチョは，「私は『イリアス』を読むことができた最初のラテン人だ」と自慢している。ホメロスの作品のフランス語への抄訳が初めて行なわれたのは，15世紀中ごろのことである。

もうひとつの理由として，ホメロスに対する評価があまり高くなかったことがあげられる。13世紀に『トロイア物語』を書いたフランスの詩人ブノワ・ド・サント＝モールは，次のようにいっている。

「ホメロスは途方もない知識と才能をもった人物で，都市のすさまじい包囲戦とトロイアの滅亡を描いた。（略）しかし，彼の本は真実を語っていない。彼はトロイア戦争が起きた100年後に生まれたからだ。だから，彼がまちがっていても驚くにはあたらない。彼はその場に居合わせなかったし，自分の目でなにも見ていないからだ」

中世の知識人たちは，トロイア戦争の目撃者であると主張する人びとが書き，ラテン語で読むことのできる作品のほうを好んだ。たとえば，クレタのディクテュスによる『トロイア戦争日誌』（4世紀初頭にギリシア語からラテン語に翻訳された）や，プリュギアのダレスによる『トロイア滅亡の歴史』（5世紀）などである。

ホメロスの作品がヨーロッパで注目を集めるようになったのは，『イリアス』と『オデュッセイア』の最初の校訂本が印

〔左頁〕炎上するトロイアを離れるアイネイアス（ウェルギリウス『アエネーイス』のフランス語写本，15世紀，部分）——『アエネーイス』は，中世ヨーロッパ社会にトロイア戦争の様子を伝える役割をはたした。トロイア王家の血をひくアイネイアスが，父とトロイアの神々をつれて町を離れるこの場面は，とくに知られている。

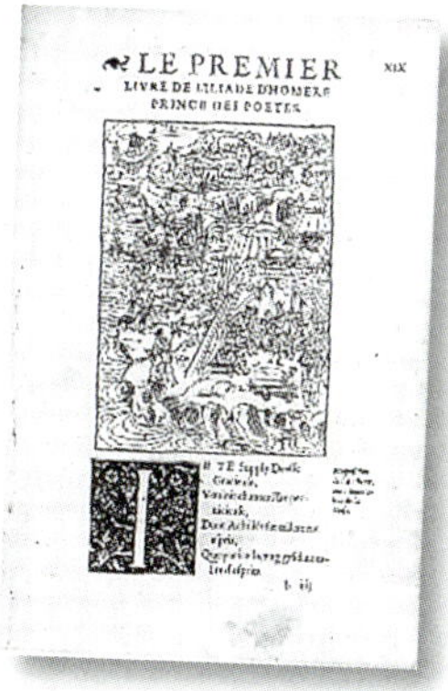

またオデュッセウスの冒険談も，ブノワ・ド・サント＝モールの『トロイア物語』（13世紀，左上はその一場面）など，リライトされた文章を通じて知識階級に広まった。

上は，フランス王フランソワ1世の命令でユーグ・サレルが翻訳した『イリアス』から抜粋したページ（1545年）。このような翻訳が登場したことで，ホメロスの作品は古代文学における地位を完全にとりもどした。

VLIŠE
POLIPHEMO
POLIPHEMO

VLISE
POLIPHEMO

ホメロスの叙事詩は，ルネサンスの芸術家たちに大きな影響をあたえた。フランドルの画家ルーベンスは，『イリアス』から着想を得たタピスリーのための下絵を何枚も描いている。

p.46・47は，15世紀のイタリアのチェスト（大型でふたつきの収納箱）に描かれたオデュッセウスとポリュペモス。ルネサンス時代には，古代ローマの建築家ウィトルウィウスにならって，宮殿の壁面上部の装飾のモチーフにホメロスの叙事詩が使われた。

古代と同じくルネサンスの画家たちも，セイレン（右頁上）やキュクロプスなどの有名なエピソードを題材とすることが多かったが，その一方で独自のテーマも発展させた。たとえば，海の怪物カリュブディスとスキュラを相手に戦うオデュッセウス（右頁下）や，漂着したオデュッセウスと出会った王女ナウシカ（左頁）をテーマとしたものである。

物語の複数の場面をストーリーに沿ってひとつにまとめた左頁の作品は，『オデュッセイア』の文章を画家が正確に知っていたことを意味している。

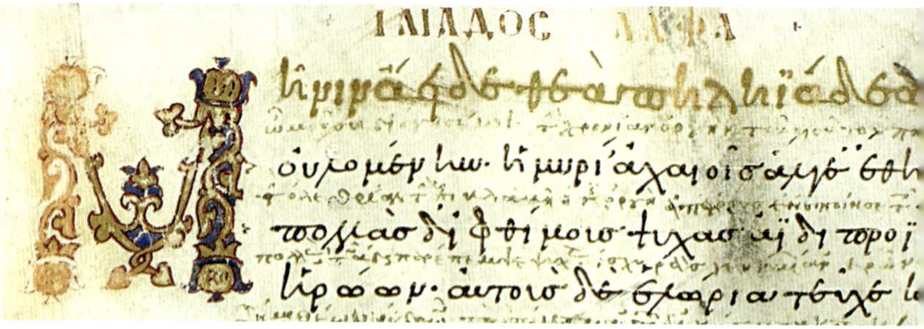

刷され（1488年にフィレンツェで，デメトリオス・カルコンデュレスによる），フランス語かラテン語の翻訳が添えられるようになってからのことである（1583年にフランスの詩人ジャン・ド・スポンドが翻訳つきの本を出版した）。

16世紀フランスの思想家モンテーニュは，ホメロスを「あらゆる知識をもったきわめて完全な巨匠」と評し，古代でもっとも偉大な３人の人間のひとりとみなした。しかし17世紀になると，『「イリアス」に関する学究的推論』のなかで，フランスの作家ドービニャックは，ホメロスの存在に疑問を投げかけた。彼は，ホメロスというひとりの詩人ではなく，大勢の吟遊詩人からなるホメロスというグループが，たくさんの詩を集めてひとつの作品に仕上げたという説をとなえた。

フランスの詩人シャルル・ペローも，1687年の新旧論争（古典文学と現代文学の優劣をめぐる論争）で，ドービニャックと同じ見解を示した。この論争ではホメロス問題がさかんに議論され，パロディ作品も数多くつくられた

1789年にイタリアのヴェネツィアで，フランスの学者ヴィロアゾンが，古代の注釈が書きこまれた『イリアス』の完全な写本（ヴェネツィアA写本，10世紀）を発見した。これは，ホメロスの作品がひとりの手によるものかどうかの論争を行なう上で基礎となる重要な写本だった。この写本には，加筆，訂正，内容の不統一などについて，アレクサンドリア図書館やビザンツ帝国の学者たちが何世紀ものあいだ研究してき

⇧女神カリオペとホメロス──ホメロスは，この絵のように神格化されたり，右頁下の版画のように風刺されたり，さまざまな姿で描かれている。

フランスの作家ドービニャックは，次のようにいっている。

「ある人間が，名もなき大勢の人びとのなかでひとりだけ知られていたこと，父母も生まれた場所もわからないのにこの世に存在したことなど，ありえない。（略）

だから，この詩はおそらくなにか特別な方法でつくられたのだ」（『「イリアス」に関する学究的推論』1715年）

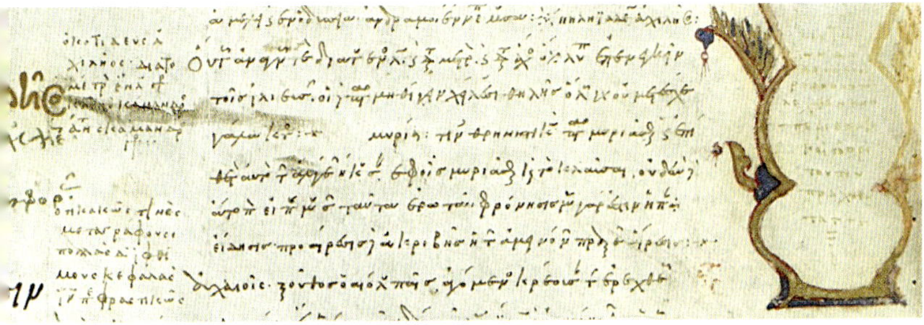

⇧『イリアス』のヴェネツィアA写本（部分）——これはビザンツ帝国の首都コンスタンティノープルで写され，15世紀初頭にイタリアのヴェネツィアにもたらされた写本。アレクサンドリア図書館の学者たちの研究にもとづく注釈が書きこまれている。

たものの内容が詳しく記されていたのである。

このヴェネツィアA写本をもとに，ドイツの学者フリードリヒ・アウグスト・ヴォルフは『ホメロス序説』（1795年）を書いた。この本のなかで彼は，ホメロスの詩は文字で書かれたのではなく，口頭で断片的につくられたもので，それが前6世紀アテナイの政治家ペイシストラトスによってひとつにまとめられ，その後何世紀もかけて改変されたものが，前3～前1世紀にアレクサンドリア図書館で研究の対象となった最終的な形の作品だと主張した。彼の説は大きな反響をよびおこした。

19世紀初頭に，ホメロスの伝記を書いたフランスの詩人ラマルティーヌは，ホメロスの作品が名もなき人びとによってつくられたという主張を非難したが，ホメロスを過小評価する流れは止まらなかった。学者たちは，ホメロスを完全に見放したように思われた。たとえば，全20巻からなる名著『ギリシア史』（1846～56年）を書いたイギリスの歴史家グロートは，ホメロスの作品を「興味深い寓話」としか考えず，ホメロスが実在の人物かどうかも疑わしいといっている。

こうしてホメロスは，人びとのあいだから追いはらわれていった。フランスの作家フローベールは風刺作品『紋切型辞典』のなかで，簡潔に，しかし皮肉っぽくこう書いている。「ホメロス——かつて存在したことのない人物」

❖「ここはホメロスが歌った出来事の舞台かもしれない。『イリアス』の風景と完全に一致し，ホメロスのどんなささいな表現も完全に真実だったと証明することができる場所なのかもしれない」……………………………………………………

ショワズール＝グッフィエ
『きわめて有名になった場所の側面から見た
ホメロスに関する考察』（1816年）

第３章
トロイアによる証明

〔左頁〕ヴィルヘルム・デルプフェルトが発見したトロイア第6市の遺跡――ドイツの考古学者ハインリヒ・シュリーマンと彼の後継者たちは，考古学によってホメロスの存在が証明できると考えた。

⇨ミケーネ5号墓（ギリシア）で出土した，通称「アガメムノンの黄金のマスク」。

ホメロスを救いだすためには，まず彼が真実を語ったことを証明しなければならない。彼の作品で歌われている国や都市，とくにトロイアを見つける必要がある。中世末から18世紀にかけて，大勢のヨーロッパの巡礼者，旅行者，学者たちがトロイアを発見しようとし，彼らの業績は現代の発掘作業への道を切りひらいた。

⇧『東方への旅，ギリシア，トルコ，ユダヤ，エジプト，アラビア，その他の諸外国で発見した記憶すべき事柄と，いくつもの特異なものについての観察』に収録されたトロアスの地図（1553年，部分）――この本のなかで，動植物にも人間にも遺跡にも関心をもっていたフランスの博物学者ピエール・ブロン・デュ・マンは，彼がトロイアだと思っていた古代都市アレクサンドリア・トロアスを訪れたときのことを語っている。

一方，フランスの植物学者ピトン・ド・トゥルヌフォールは，イオス島でホメロスの墓を探したが見つからなかったと『ある植物学者』（1717年）に書いている。

旅と巡礼

中世では，地理に関する情報がギリシア・ローマ時代から受けつがれていたため，ホメロスの作品に登場する地名，とくにトロイア，ミケーネ，ピュロスなどは，だいたいの位置が特定されていた。しかし風景は変化するため，目的の場所を訪れるには努力が必要だった。それでも旅行者たちは進んでその努力をした。

中世以降，巡礼者たちはキリスト教の聖地を訪れるだけでなく，トロイアの遺跡にも目を向けはじめた。たとえばドイツの騎士ヴィルヘルム・フォン・ボルデンゼーレは，ビザンツ帝国の首都コンスタンティノープルで，イエス・キリストが十字架にかけられたときの聖遺物を見たあとのことを，『聖地の現状について』（1336年）のなかでこう書いている。

「聖ゲオルギウスの腕（現在のダーダネルス海峡）の端，小アジアの沿岸，地中海に面した場所に，かつての有名な町トロイアがあった。海に臨む広い平原のなかの，美しく気持の良いところだった。すぐれた港町のようには見えなかったが，以前はこの町に川が流れていて，船が行き来していた。大きく立派な遺跡があるとは思えなかった」

15世紀になると，巡礼とは関係のない旅行者たちが，熱狂的にホメロスの作品の足跡をたどりはじめた。フランスの博物学者ピエール・ブロン・デュ・マンは，1546年から49年にかけて地中海東部沿岸地方をまわり，古代の人びとが知っていた植物や動物を探そうとした。

彼は小アジアの沿岸に位置するある遺跡が，ホメロスのいうトロイアだと考えた。「こんにちもなお見ることのできる建物の遺跡は実際すばらしく，その壮大さは言葉をつくしても表現することが難しい」。彼はトロイアを流れるシモエイス川とクサントス川の場所も特定したが，それらは「ドジョウやアブラハヤが住むこともできないほど小さな川」だといっている。

17世紀には，旅行者たちは現地で案内人につれられて，プリアモスの宮殿やアキレウスの墓などと称されていた遺跡を見てまわることができるようになった。しかし，それらの遺

⇩クリストフォロ・ブオンデルモンティの写本から抜粋したトロイアの遺跡のスケッチ――15世紀に，フィレンツェの司祭クリストフォロ・ブオンデルモンティは，地中海沿岸地方とギリシアの島々を何年もかけて調査した。彼は非常に早い時期に古代文明に関心をもった人物のひとりで，訪れた遺跡の簡単なメモやスケッチを残している。

これは彼がトロイアだと考えた場所をスケッチしたもの。

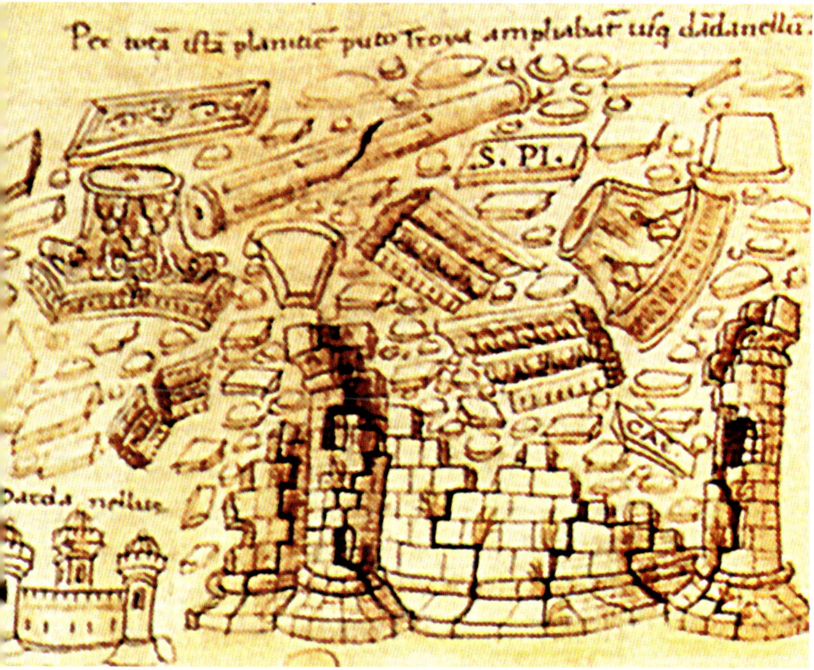

跡の大半は，ローマ時代のものだった。

旅行者のなかには，納得しない人たちもいた。たとえばカイリュス伯爵は『コンスタンティノープルの旅』（1716〜17年）のなかで，こういっている。

「トロアス（トロイアを中心とする地域）をあとにしたとき，現地へ行く前よりもずっと，トロイアに関する疑惑が大きくなった。登場人物と同じく物語の舞台となった場所も，ホメロスの想像によってつくられたものだと思いたくなる」

一方，1718年にトロアスを訪れたイギリスの作家メアリー・モンタギュー大使夫人は，友人のコンティ神父に次のような手紙を書いている。

「トロイアに残っているものは，トロイアが存在したという場所だけです。私は，このあたりにある古代の遺物はみな，もっと新しい時代のものだと思います。（略）それでも，私は世界でもっとも偉大な都市の遺跡を前にして，パリスとメネラオスの有名な一騎打ちの様子を想像して楽しみました」

また彼女は，ホメロスの翻訳者として知られていたイギリスの詩人アレキサンダー・ポープにあてて，アドリアノープル（ギリシアとの国境近くのトルコの都市）に滞在していたとき，ホメロスの詩を裏づけるトルコの習慣を見たと書き送っている。「身分の高い女性たちは，ホメロスの詩で描写されているヘレネやアンドロマケのように大勢の侍女を従えて，ヴェールやドレスに刺繍をして時間を過ごしています」

⇧メアリー・モンタギュー大使夫人（1689〜1762年）——イギリス大使としてオスマン帝国に派遣された夫と共にコンスタンティノープルへ行った彼女は，ホメロスの翻訳者として尊敬していた詩人アレキサンダー・ポープと文通していた。1717年に，彼女はこう書き送っている。
「こちらであなたのホメロスの本を楽しく読みかえしました。いままでその美しさがわかっていなかったいくつかの部分に，納得がいきました。というのも，ここには昔からの習慣がいくつも残っているからです。ほかのどの国よりもずっと古い時代の記憶を，当たり前のようにたくさん目にするのです」

幻の都市の地誌

18世紀後半になると，過去をただ懐かしむだけの気持ちからトロイアの遺跡を探すのではなく，ホメロスの叙事詩の

⇦アレキサンダー・ポープ訳『ホメロスのイリアス』に収録されたトロイア平原の地図（1715年）──ポープはトロアスへ行ったことがなく，『イリアス』の記述だけをもとに，イロス（トロイア王プリアモスの祖父）の墓，パトロクロスが火葬された場所，ギリシア軍が集結した港，彼らの戦闘隊形など，『イリアス』に登場する建造物の場所や地理的特徴をこまかく特定し，地図を描いた。

ギリシアとトロアスへ旅行したロバート・ウッドは，ホメロスの描写は地理的にかなり正確だといっている。

「彼が語った岩山，丘，谷，岬は，現在でも彼の描写が正確であることを示している」。しかし彼は，ポープの解釈にはまちがっている部分があると指摘している。また，ポープの地図は正しくなく（とくに，川の流れが違う），逆向きに刷られているともいっている。

一方，ショワズール＝グッフィエが結成した調査隊のメンバーは，ポープの地図がきわめて正確だと考えた。18世紀には，作品に登場する場所を地理的に特定することが，ホメロス研究の中心テーマになった。

文章とトロアスの風景を徹底的に対応させることで，トロイアの場所を特定する作業が行なわれるようになった。

イギリス人のロバート・ウッドは，1750年にディレッタンティ協会（古代美術の研究に出資する協会）の費用でトロアスへ旅行したあと，1777年に書いた本のなかで，アレキサンダー・ポープが『イリアス』の記述だけをもとに描いた地図にはつじつまが合わないところがある，といっている。しかし，時代によるさまざま変化が理由でトロイアの位置を正確に特

定することはできないが，ホメロスの作品に書かれている情報はおおむね正確だと考えて良いと結論づけた。

その後，オスマン帝国に派遣されていたフランス大使ショワズール＝グッフィエは，考古学者，古典学者，天文学者，画家，詩人からなる調査隊を結成し，地理学者で考古学者のジャン＝バティスト・ル・シュヴァリエを責任者に任命して，1785年から86年にかけて3回にわたるトロアス調査を行なわせた。ル・シュヴァリエが1795年に出版した『トロアスの旅』は，ヨーロッパ各国で大ベストセラーとなった。

『イリアス』を片手に調査にあたったル・シュヴァリエは，ブナル・バシという小さな村がトロイアだと特定した。ショワズール＝グッフィエは，土質を調べるために土墳のいくつかを掘らせた。決定的な証拠になるものはほとんど発見されなかったが（事実，それらはほとんどがのちの時代のごく普通の墓だった），彼はホメロスの正

「トロイアの地で『イリアス』の舞台となった場所が見つかったと発表するにあたって，その理由となる厳密な証拠のたぐいがないことを知らせる必要はない。何度も荒廃の憂き目に遭い，3000年ものときを超えた場所なのだから，そのようなことは問題にもならないはずだ。ホメロスの作品で語られている主要な情報は，すでに廃墟となってはいるが，いまなおそこに存在しているものと正確に一致しているのだから」

ショワズール＝グッフィエ

VOYAGE PITTORESQUE DE LA GRECE

⇧ショワズール=グッフィエ『ギリシアの絵画的な旅』（1820年）から抜粋した版画（版画の下の文字は，この本の題名）――左から右に，シモエイス川の水源，アイアスの墓，アキレウスの墓。下はパトロクロスの墓。

確な記述のおかげで英雄たちの魂をよみがえらせることに成功したと信じていた。

20世紀に入ってからも，『イリアス』の記述をもとに作成された『パリからコンスタンティノープルへ』（1912年）という旅行案内書を参考に，人びとはアキレウスやオデュッセウスがテントを張ったとされた場所を訪れた。多くの人がトロイアは少なくともトロアスに位置すると信じ，かつて実際にトロイアという町があったなら，ホメロスという人物も存在したにちがいないと考えるようになった。

シュリーマンによる発掘

ドイツの考古学者ハインリヒ・シュリーマンは,「地中を探る」という新しい方法でトロイアの場所を特定しようと考えた。彼はホメロスの詩を歴史的資料ととらえ，そこに書かれていることが事実だという前提で調査を進めた。ブナル・バシでの調査に見切りをつけたあと，彼はもっと海に近いヒサルリックの丘がトロイアだと考え,「つるはしとシャベル」で発掘作業を進めた。

1871年から90年にかけて，シュリーマンは9層からなる都市を発見した。彼は，ギリシア軍によって破壊されたトロイアは,第2層のトロイア第2市（前2600～前2450年）であると特定し，250点の金製品を掘りだし，それらを「プリアモスの財宝」と名づけた。また,発見した共同洗濯場とふたつの泉が,

⇩ハインリヒ・シュリーマン（1822～90年）——彼は実業家として世界中を飛びまわっていたが，1866年，フランスでこうのべている。
「私は自分にとって一番魅力がある考古学に専念するため，パリに身を落ちつけた」

⇧トロイア第6市の復元イラスト（1998年）——1988年に再開されたヒサルリックの丘の発掘は，重要な発見をもたらした。現在，考古学者たちは，トロイアはルウィ人が住んでいた大都市で，ギリシアのミケーネと小アジアのヒッタイトを結ぶ交易の要所だったと考えている。この都市は当時ウィルサと呼ばれ，王のひとりの名前はアラクシャンドゥ（ギリシア語でアレクサンドロス）だった。

いまではトロイアは前14〜13世紀に破壊された小さな要塞ではなく，城壁の外側に居住区が広がる大きな都市圏だったこともわかっている。

『イリアス』のなかでアキレウスとヘクトルが一騎打ちをした場所にあったものであると考えた。さらに，トロイア戦争からだいぶあとのことだが，ホメロス自身もトロアスへ来たことがあると主張した。

シュリーマンによる発掘作業は，ドイツの考古学者ヴィルヘルム・デルプフェルト（発掘期間1890〜94年）とアメリカの考古学者カール・ブレーゲン（発掘期間1932〜38年）によって引きつがれ，シュリーマンの説に修正が加えられた。その結果，ホメロスが描いたトロイアは，トロイア第7a市（前1260年）であるという結論が導きだされた。

ドイツのテュービンゲン大学教授マンフレッド・コルフマンひきいるチームによる最近の発掘作業では，トロイア第6市の層で城壁の外側に居住区が大きく広がっていたこと，『イリアス』時代のトロイアにはルウィ人（古代の小アジアで使用されていた言語のひとつであるルウィ語を使っていた人びと）が住み，彼らの王のひとりはアラクシャンドゥという名前で，トロイアの東に位置するヒッタイトと協定を結んでいたことが判明した。

〔左頁下〕ヒサルリックの丘で発掘されたトロイアの遺跡。

Trésor de Priam découvert à 8½ mètres de profondeur

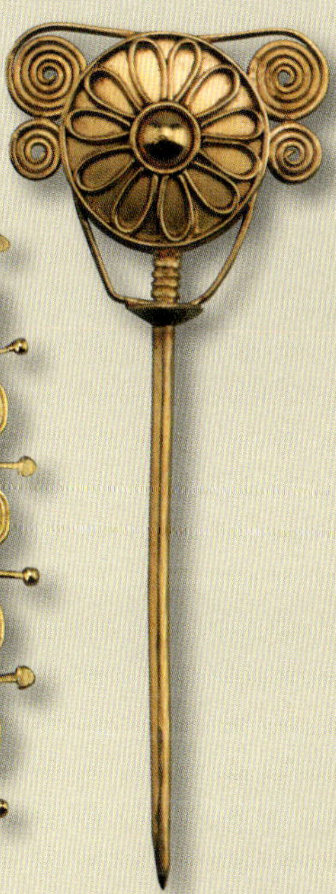

「プリアモスの財宝」

1873年にヒサルリックの丘で，妻ソフィアと共に発掘した「プリアモスの財宝」について，『トロイア人の都市と国イリオス』（1885年）のなかでシュリーマンはこういっている。

「（これらの品は）ホメロスが（『イリアス』第24歌で）歌っているプリアモスの宮殿にあった木箱のような箱に入っていたと思われる」

彼はこの発見が，この場所がトロイアであることの決定的な証明になると考えた。だが現在では，これらの品々はトロイア戦争よりもずっと古い，前3000年紀のものだったことがわかっている。

左頁は首飾り。左下は三日月形の耳飾り。右上はヘアピン。右下は渦巻き模様がついた幅広の腕輪。

左頁上には「深さ8.5メートルのところで発見されたプリアモスの財宝」と書かれている。

上は「プリアモスの財宝」を身につけたソフィア・シュリーマン。

⇧ミケーネのライオン門(1890年ころ)——古代人は,ひとつ目の怪物キュクロプスがこの門をつくったと考えていた。

シュリーマンは，トロイア以外の場所でも発掘作業を行なった。彼はイタケ島で発見した骨壺を，オデュッセウスとペネロペイアのものだと主張した。また，1874年から76年にかけてギリシアのミケーネで発見した宮殿と墓をアガメムノン一族のものだと考え，ギリシア国王ゲオルギオス1世に

⇩ミケーネの円形墓地——シュリーマンは，この墓地から武器や黄金のマスク（下）など，さまざまなものを発掘した。

次のような電報を打っている。

「この上ない喜びと共に，陛下にお知らせします。私は，パウサニアス（2世紀ギリシアの旅行家で地理学者）の伝説によると，クリュタイムネストラと愛人のアイギストスによって食事中に殺された，アガメムノン，カッサンドラ，エウリュメドンと彼らの友人たちのものであるという墓を発見しました。

(略) それらの墓のなかからは，純金製の古代の品々からなる莫大な数の財宝が見つかりました」

それから半世紀後の1932年には，カール・ブレーゲンがギリシアのメッセニアで大建造物の遺跡を発掘し，「ネストルの宮殿」と名づけた。ネストルの宮殿は，『オデュッセイア』によれば，オデュッセウスの息子テレマコスがピュロス王ネストルと会った場所である。

一方，フランスの学者で政治家のヴィクトル・ベラール（1864〜1931年）は，1901年と1912年に，スイスの写真家フレデリック・ボワッソナと共にオデュッセウスの航跡をたどる地中海旅行をした。彼はこの旅をもとに，『オデュッセイア』の詩句を添えた写真を豊富に掲載した見事な本を出版した。ベラールは『オデュッセイア』に出てくる場所をそれぞれ特定し，「『オデュッセイア』は物語のたんなる寄せ集めではなく，地理的な資料である」と結論づけた。

このように，考古学者たちの業績によって，ホメロスの詩の世界が現実味を帯びるようになった。

失われたときを求めて

しかし，ホメロスの作品で語られている出来事が，いつの時代に起きたかという問題が残されている。古代ギリシア人は，トロイア戦争が実際にあったと信じていた。しかしその年代に定説はなく，前1334年（歴史家サモスのドゥリスの説），前1184年（地理学者エラトステネスの説），前1135年（歴史家エフォロス）などさまざまで，一番新しいものには前

⇩モロッコ沿岸の「カリュプソの島」
〔右頁下〕ナポリ近郊の「キュクロプスの洞窟」——いずれも，ヴィクトル・ベラール『オデュッセウスの航跡をたどって』（1933年）に収録されたフレデリック・ボワッソナ撮影による写真。

ベラールは地中海でのオデュッセウスの航路をたどることで，『オデュッセイア』に歴史的意義よりも地理的意義をあたえようとした。彼はこういっている。
「『オデュッセイア』の描写をより正確に説明するためには，物語の舞台となった場所の地図と写真が必要不可欠な助けとなるだろう。これらの学術的な資料は，ホメロスの言葉のすべてを的確に解説している」

910年というものまであった。

近代になると，シュリーマンと彼の後継者たちによる発見によって，トロイア戦争は青銅器時代，より正確にはミケーネ時代（前15～13世紀）に起きたと考えられるようになった。ミケーネやティリンスピュロスで発掘された宮殿は，ホメロスの作品に登場する英雄たちが住み，彼らがもっていた財宝（織物，ワイン，油，武器など）を保管しておくのに適切と思われるものだった。

⇧ピュロス王ネストルの宮殿の復元図――ホメロスの記述によれば，女性たちの住居は階上にあり，応接間に面していた。

また，当時はミケーネとオリエント諸国との交易が非常にさかんだったため，大規模な船団が海を越えて戦争に向かったとしても，不思議ではない。さらにミケーネ時代の遺跡か

らは，ホメロスの作品に登場するものと不思議なくらい一致するものが数多く出土している。たとえば，ネストルの黄金の杯，イノシシの牙がはめこまれた兜《かぶと》（実際に墓から出土していたり，象牙細工やフレスコ画に描かれたものが発見されたりしている），ピュロスの宮殿内で発見された浴槽（『オデュッセイア』で，テレマコスはピュロスの宮殿で入浴している）などである。

その一方で，もっと新しい時代であることを思わせる要素もある。たとえば，エジプトやヒッタイトの文書では，地中海の国際情勢に混乱が生じたのは青銅器時代の末期，前13～12世紀のことである。その時期に，ギリシア軍が東方に攻め入ったことは十分に考えられる。

しかし，ホメロスの作品の内容と前2千年紀末の社会のあいだには大きな矛盾もある。一番大きな矛盾は，鉄の使用と火葬の風習である。前2千年紀末のミケーネでは，まだ鉄も火葬も存在しなかった。両方とも前12～前9世紀に登場したもので，エーゲ海に浮かぶエウボイア島のエレトリアやレフカンディ，クレタ島のエレウテルナの遺跡から，『イリアス』のなかで描写されているパトロクロスの葬儀のように，供物が奉納されて火葬された人の墓が見つかっている。

制度の面から見ると，ホメロスの作品に登場する王国は前2千年紀末のオリエント諸国のも

⇦壺に描かれた武装した兵士（前13世紀）――発掘による出土品のいくつかは，ホメロスの作品に登場するものと一致する。

⇩ミケーネで出土した通称「ネストルの黄金の杯（前16世紀）」――これは「4つの取っ手と2羽の鳩がついた」ネストルの杯によく似ている。

〔右頁〕デンドラ（ギリシア）のミケーネ時代の墓から出土した前14世紀の鎧《よろい》と兜《かぶと》――イノシシの牙がはめこまれ，フェルトで裏打ちされた兜は，オデュッセウスのものとよく似ている。

のではなく，討議制の会議や戦闘形式（一騎打ちという貴族的な戦いと，歩兵の戦闘部隊による集団の戦いが共存している）も，都市国家時代のギリシアを思わせる。さらに，『オデュッセイア』に登場するさまざまな地方，たとえば黒海やマグナ・グラエキア（南イタリア）などにギリシア人が行くようになったのは，もっとあとの時代のことである。これらを総合すると，ホメロスの作品で語られている出来事は前９～前８世紀に起きたと考えられる。

以上のことから，ホメロスの作品世界はさまざまな時代が混合したもの，前16～前８世紀の社会が混じりあってできたものであるように見える。近代や現代の文学作品とは違って，『イリアス』と『オデュッセイア』はある特定の時代の社会を描いているとはいえないのである。

年代に関するこのような問題は，ホメロスの詩の信頼性を揺るがし，作品の本質を検討する必要を生じさせ，ホメロスの存在そのものにも疑問を生じさせる。つまり，「ホメロス問題」を論じるためにはストラボンの言うように「シャベルを使った方法では十分ではなく」，さらに別の視点からのアプローチが必要なのである。

Fig. 29 Avdo Medjedovitch, peasant farmer, is the finest singer the expedition encountered. His poems reached as many as fifteen thousand lines. A veritable Yugoslav Homer!

❖作者がはっきりせず，年代に関する問題もあるホメロスの作品は，独自の成立過程をへた痕跡がある。その検証のために，ホメロスの作品の原文を吟味し，依然として記憶を頼りに口伝の詩を朗誦しつづけている詩人たちがいたユーゴスラヴィアで，20世紀初頭に調査が行なわれた。……………………………………………………………………

第4章

ホメロス作品の分析的研究

〔左頁〕1930年代にアメリカの叙事詩学者ミルマン・パリーが出会ったユーゴスラヴィアの吟遊詩人（吟唱詩人）——ホメロスの作品の内容を検討し，古代ギリシアで行なわれていた口誦《こうしょう》詩の実演を再現するため，学者たちは中央ヨーロッパの口伝文化をもとにした民族考古学の助けを借りようとした。

⇨竪琴奏者とその同伴者の小像（ギリシア，前7世紀）

長音節と短音節からなる物語

1928年に，アメリカの叙事詩学者ミルマン・パリー（1902～35年）は，パリのソルボンヌ大学で，「ホメロスにおける伝統的なエピテトン」と題された博士論文を発表した（「エピテトン」とは，人物・神・物につけられる装飾的な枕詞《まくらことば》のこと）。この論文のなかで，彼は古代ギリシアの叙事詩特有の作詩法について説明している。

ギリシアの叙事詩では，「長短短六脚律」と呼ばれる独特な韻律が使われている。つまり，長い音節ひとつとそれにつづく短い音節ふたつの「長短短」をひとつの単位として，それが6回くりかえされたものが1行となる。長音節は短音節ふたつと等しいので，「長短短」は「長長」に置きかえることができる。そのため，1行につき32ものパターンが存在する。

この「長短短六脚律」の規則に従って作品をつくるために，ホメロスはさまざまな工夫を凝らさなければならなかった。ギリシア語は長音節より短音節のほうが多いので，この規則どおりに詩作するためにはかなりのテクニックが必要とされる。彼は，おもにふたつの技法を使った。

そのひとつは，イオニア方言，ドーリア方言，アイオリス方言など，当時のありとあらゆる方言をとりいれるというものである。それでも不十分な場合は，語形や構文を変えることもあった。つまり，ホメロスの作品で使われている言語は，当時の社会で話されていた言語ではなく，巧妙につくられた人為的な言語なのである。

もうひとつは，あらかじめ準備された数々の定型表現を駆使するというものである。ホメロスが韻律の規

「紺青の船首の船を押すべく，（略）恐ろしい魔女キルケが，われわれの船の帆をふくらませるために，勇ましい道連れである順風を送ってくれた」（『オデュッセイア』第11歌）

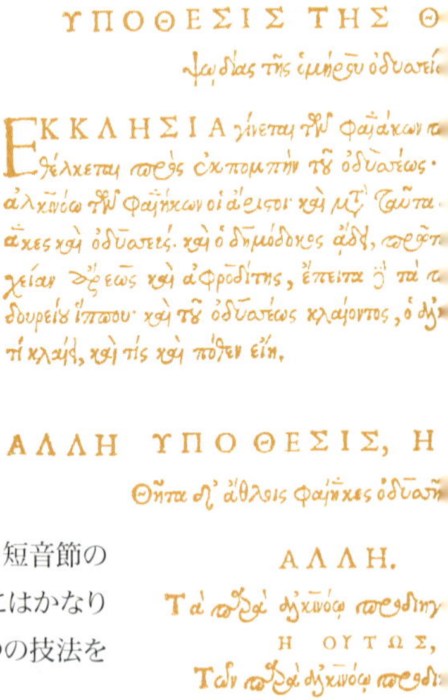

⇦陶器に描かれたキタラ（古代ギリシアの弦楽器）奏者（重なっている文字は『オデュッセイア』第８歌の冒頭，1566年の版）――文字で記されたものとはいえ，ホメロスの詩は古代では長いあいだ，即興で口ずさんだり暗誦するものと考えられていた。吟遊詩人やキタラ奏者は，長いあいだ宴会やさまざまな行事で叙事詩の口誦を伝えつづけた。

〔左頁下〕酒杯に描かれた船（前520～500年）

則に従って物語をつくるために，エピテトン（枕詞）と比喩は欠かせないものだった。たとえば，『イリアス』では船のエピテトンとして，「バランスのとれた」「両側が湾曲した」「丈夫な漕ぎ手の座席がある」「紺青の船首の」などが使われている。これらのエピテトンは，それぞれの詩句で要求されているのが長音節か短音節かに合わせて，そのたびにふさわしいものが選択される。

エピテトン（枕詞《まくらことば》）は，物語に登場する英雄たちにも添えられる。たとえばオデュッセウスには，韻律に合わせて，「神のような」「狡猾な」「思慮深い」「気高い心の」などのエピテトンが使われている。さらに，ときには数行にもわたることがあるくりかえしの詩句（1日のはじまりを告げる有名なくりかえしの詩句として，「ばら色の指をした暁《あかつき》の女神が姿をあらわすと」がある）や比喩も，あらかじめ準備された定型表現である。『オデュッセイア』の3分の1近くは，完全に，あるいは半分近くくりかえされた詩句でできている。つまり，パリーによれば，「ほかのすべての吟遊詩人と同じく，（ホメロスにとって）詩作とは思いだすこと」だった。パリーは，このような作詩法は長い伝統によって確立したものだという。古くからホメロスの作品にはさまざまな欠陥があると指摘されてきたが，その理由を，以上のようにパリーは韻律の規則から説明している。

記憶を頼りに歌う

パリーはさらに，ホメロスの作品の構成は口誦《こうしよう》と関係があり，韻律や定型表現は朗誦者が詩を記憶する助けになるものだと考えた。古代から，ホメロスはヘシオドスやウェルギリウスなどの詩人とは違う性質の詩人であることを，人びとは感じとっていた。

1世紀のユダヤの著述家フラウィウス・ヨセフスは『アピオンへの反論』のなかで，こういっている。「ギリシアのどこにも，ホメロスの詩より古いことが認められている作品は存

⇦ミルマン・パリー
⇧ユーゴスラヴィアの吟遊詩人
⇘ユーゴスラヴィアの伝統楽器――現地調査のとき，パリーはたくさんの写真を撮影した。彼は楽器にも大きな関心を示している。

18世紀以降，ドイツのグリム兄弟やゲーテ，フランスのネルヴァルやフォリエル，イギリスのウォルター・スコットなど，多くの作家が民衆詩を発表したが，パリーはそれらをもとに研究するだけでは満足できなかった。ソルボンヌ大学の現代ギリシア語教授ユベール・ペルノ（1870～1946年）は，1894年にクレタ島で音楽に合わせて吟遊詩人が歌う伝統的な歌の録音をはじめて行なったが，パリーも同じような方法で研究したいと考えたのである。

在しない。ところで，この詩人はトロイア戦争よりもずっとあとの人間である。その上，彼自身は自分の詩を文字で残さなかったといわれている。彼の詩は文字ではなく記憶によって伝えられ，のちにさまざまな歌が集められて作品となった。そのため，作品のなかには多くの食いちがいが見られる」。つまり，ヨセフスによると，ホメロスの作品は彼によって書かれたのではなく，彼は詩を口誦していただけだという。

口誦詩の実際を知るため，1933年と，1934年から35年にかけての2回にわたり，パリーは助手のアルバート・B・ロード

⇩セルビアの叙事詩を歌う吟遊詩人（版画，1888年）――19世紀のヨーロッパでは，口誦文学に対する関心が高まった。フランスでは1845年に，民衆詩を収集するための委員会が設立された。中央ヨーロッパ，とくにセルビアは民衆詩の宝庫だった。農民出身のセルビアの学者で詩人でもあるカラジッチ（1787〜1864年）は，セルビアのキリル文字を改良したアルファベットで自国の詩を書きとめた。

この版画のなかで，中央の吟遊詩人の右隣で腕を組んでいる人物がカラジッチ。そのまわりには，セルビアの叙事詩に登場する歴史的人物が何人も描かれている。

「彼は1週間歌いつづけ，録音用のレコードは午前2時だろうと午後2時だろうとまわりつづけた。中断するのは20分か30分おきに，トルココーヒーかもっと強い飲み物を飲むときだけだった。

1週間たっても，歌は終わらなかった。歌い手の声が出なくなったので，彼は薬を飲んで1週間休み，そのあとふたたび歌いつづけた。さらに1週間後，ようやく1万3331行からなる詩の朗誦が終わった」

ミルマン・パリー

と共に，ヨーロッパで唯一，依然として口伝の詩を朗誦しつづけている吟唱詩人たちが存在するユーゴスラヴィアでの調査を行なった（すでに1811年には，フランスの作家シャルル・ノディエが「イリュリア（バルカン半島西部の古地名）の莫大な数の古い詩」を集めるべきだといっている）。ふたりはドゥブロヴニク（現在はクロアチアの都市）を拠点に，グスラリと呼ばれる吟遊詩人（吟唱詩人）たちの歌を録音するため，

ときに過酷な状況のなか，バルカン半島のモンテネグロとボスニアを車でまわった。

彼らは何千もの録音（録音したレコードは3500枚以上あった）をもちかえったが，そのなかには自分たちの仕事や生活について語っている詩人たちの話のほかに，のちにハンガリーの作曲家バルトーク・ベーラが楽譜に書きとったセルビア・クロアチア語（旧ユーゴスラヴィアを中心に話されている言葉）によるふたつの大叙事詩やたくさんの女性たちの歌が記録されていた。

記憶によってなりたつ口誦のしくみを調べるため，彼らはさまざまな方法を試みた。たとえば，彼らはひとりの詩人に数日の間隔を置いて同じ作品を２回朗誦してもらったり，ひとつの作品をふたりの詩人に朗誦してもらうことで，口誦の内容が異なるかどうかを調べようとした。また，ひとりの詩人にできるだけ長い時間詩を歌ってもらったりした。その結果，ユーゴスラヴィアの吟遊詩人たちが歌っている詩は，枕詞や定型表現が使われ，くりかえしや比喩も多く，ホメロスの叙事詩と非常によく似ていることがわかった。

パリーとロードによるこのような調査から，ホメロスは自分だけの力で一から作品をつくりあげたのではなく，叙事詩に固有の話題を伝統的な語りの技法で語った，口誦詩のすぐれた継承者だという結論を出すことができる。ホメロスの詩は「文字」によって固定された世界というよりも，うつろいやすい「声の世界」に属している。

⇩ミルマン・パリーとアルバート・ロードが集めた録音を，ハンガリーの作曲家バルトーク・ベーラが楽譜に書きとったもの（1942年）――パリーとロードが録音したものは，ユーゴスラヴィアの伝統的な口誦詩の一大コレクションだった。そのなかには，1万行以上からなる口伝の叙事詩がふたつと，女性たちの歌が多数含まれていた。

当時，数百年もの歴史をもつユーゴスラヴィアの伝統的な口誦詩は消えつつあったが，パリーの直感がそれを救い，保存することを可能にしたとベーラはいっている。

〔左頁上〕⇦ユーゴスラヴィアの吟遊詩人が歌う叙事詩を，パリーとロードが録音している場面。

叙事詩とエーゲ海沿岸地方の青銅器時代

ところで，ホメロスの叙事詩の起源はどこにあるのだろうか。古くから，エーゲ海沿岸地方の青銅器時代の文明に起源があるという説が有力視されてきた。事実，オリエント，とくにメソポタミアの古代都市バビロンでは，ほぼ同時代である前2千年紀末に，『ギルガメシュ叙事詩』のような同じ性質をもつ神話的な物語が広まっていた。

エーゲ海沿岸地方には，原史時代（先史時代と歴史時代のあいだの時代）に叙事詩が存在したと思われる痕跡がいくつも残されている。たとえば，ミケーネ時代（前16～12世紀）にギリシア本土からエーゲ海沿岸地方で使われていた線文字Bが解読された結果，当時の人びとが古いギリシア語を使っていたことがわかった。線文字Bは，人やものの名前など，ギリシア語のアイオリス方言と関連性があり，ホメロスの詩で使われている言語の一部とよく似ている。

また，『オデュッセイア』の一場面に見られるような，詩の朗誦時に伴奏される竪琴は，ミケーネ時代にすでに存在した。ピュロスのフレスコ画には竪琴奏者が描かれ，テーベで出土した線文字Bが刻まれた粘土板にはふたりの竪琴奏者についての記述がある。

さらに，専門家たちが非常に早くから指摘して

⇧線文字Bが刻まれた粘土板（前15～13世紀）――これらの粘土板は，財産目録や調査目録など，王宮の事務文書に属するものしか存在しない。1951年に解読された線文字Bは，ひとつの符号がひとつの音節に相当する音節文字である。同時に発見された線文字Aから派生した文字で，ホメロスの作品で使われている言語より前の時代の古い形のギリシア語である。

⇩ミケーネ4号墓で出土した，金銀を象眼した短刀――ホメロスによって歌われたような大きな盾《たて》をもった男たちが，ライオン狩りをしている場面が描かれている。叙事詩に登場する英雄たちは，ライオン狩りに熱中した。この出土品によって専門家たちは，ミケーネ時代に叙事詩のような文学作品が存在した可能性を探るようになった。

いたように，ミケーネ時代の図像には戦争や狩猟の場面がひんぱんに見られる。たとえば，包囲された都市が描かれた銀のリュトン（動物の頭部をかたどった杯）や，ライオン狩りの場面を装飾のモチーフとした短刀などがあげられる。これらは，前15世紀に叙事詩のテーマが存在したことをうかがわせる。

それより少し前の前16世紀，ミノア文明にも，略奪や侵略の物語を題材にしたと思われる図像がある。エーゲ海南部に浮かぶテラ（サントリーニ）島で発見された小船団を描いたフレスコ画や，クレタ島のクノッソス宮殿跡から出土した都市のモザイクの断片などである。

⇩エーゲ海のテラ（サントリーニ）島で出土した「小船団のフレスコ画」（前16世紀，部分）――テラ島で，考古学者たちは前16世紀ころの破壊された都市を発掘した。そのなかの家のひとつから，軍隊を乗せて航海する小船団を描いたフレスコ画が発見された。これはその一部で，兵士の一団が上陸し，泉のまわりに集まる女性と小屋のそばにいる家畜たちのほうへ向かっている場面。

叙事詩のなかでは，女性と家畜はつねに略奪の対象とされていた。トロイア戦争でアキレウスも，「男たちと戦い，彼らの妻を得るために」戦いつづけたのである。

専門家のなかには，叙事詩の韻律はギリシア語にはあまり適合しないため，当時クレタ島で使われていたミノア語に合わせてつくられたものだと主張する人びともいる。しかし注意しなければならないのは，クレタ島で発見されたクレタ聖刻文字と線文字Aの研究は現在も進められているが，依然としてミノア語がどのようなものであったかを解明するにはいたっていない点である。さらに，すでに解読されている線文字Bが刻まれた粘土板も事務的な文書し

か発見されていないため，叙事詩のような文学作品に線文字Bが使われたと断言することはできない。

⇩テーベ（ギリシア）で出土したテラコッタの書記像（前525～475年）——この書記は，ロウを塗った板に文字を書いている。このような書字板は，何枚も発掘されている。ギリシアでは，テーベの伝説的な王カドモスが文字を考案したとされている。

共有された記憶

はっきりしたことがわからない起源を探るよりも，口伝という性質について考えるほうが，叙事詩の年代に関する問題を説明することができるかもしれない。くりかえしや韻律の規則に従ってつくられ，内容もある程度固定されている口誦《こうしょう》詩は，昔の言葉や表現を保ったままのちの世代に伝えられるという特徴をもっている。そのため，ホメロスの作品にも見られるように，すでに現在のものではない出来事が，世代を超えて共有された記憶として，脈々と伝えられていくことになる。

しかし，現在では証明することができない昔の出来事について，それがそのまま伝えられていくのではなく，時代の流れに沿って手直しされ，現在性をもたせた形で物語は洗練されていく。そのため，叙事詩に歌われた世界をギリシア史の特定のひとつの時代に位置づけようとしても無駄なのである。むしろ，さまざまな時代が混合していることに，大きな意味があるといえる。

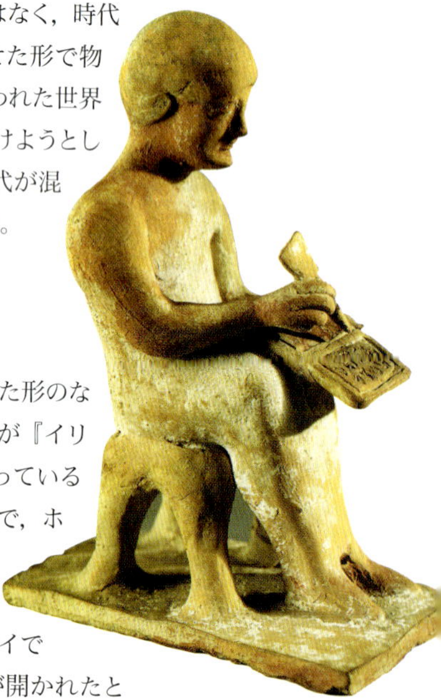

沈黙の世界

しかし，口伝の詩というもともとはっきりした形のなかったものが，どのようにして現在われわれが『イリアス』と『オデュッセイア』という名前で知っている作品になったのだろうか。そして，その過程で，ホメロスという人物はどのような役割をはたしたのだろうか。

古代の著述家の多くが，前6世紀にアテナイで町の守護女神アテナをたたえるための祭典が開かれたと

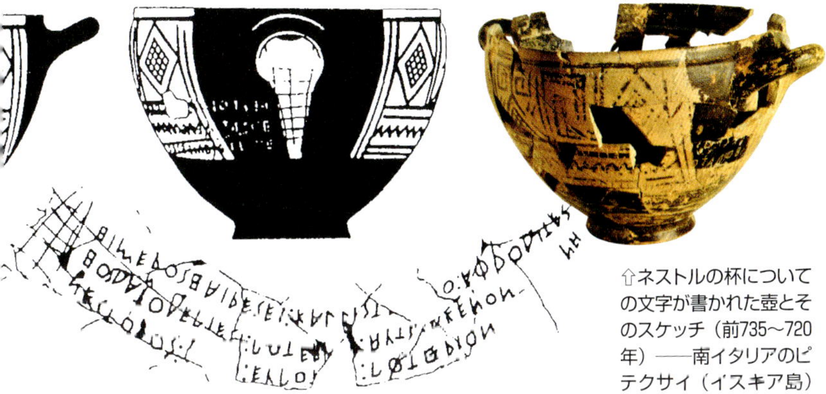

⇧ネストルの杯についての文字が書かれた壺とそのスケッチ（前735〜720年）――南イタリアのピテクサイ（イスキア島）で出土したこの壺，あるいはスキュフォス（酒杯）に書かれているのは，もっとも古い時代のギリシア文字である。宴会の楽しさを称賛しつつ，年老いたネストル王とホメロスが描写した有名なネストルの杯について，パロディふうの文章が書かれている。
「私はネストルの杯，酒を飲むのに適している。この杯で飲む人間を，美の女神アプロディテは捕らえるだろう」
　専門家たちは，この資料が，われわれが手にしているホメロスの叙事詩と，文字の誕生の間に密接な関係がある証拠だとしている。

き，ホメロスの作品が朗誦されたと証言している。つまり，前6世紀にはホメロスの作品が公式に存在したと思われる。一方，文献学者たちは，フェニキア文字を改良した初期のギリシア文字ができあがったのは前8世紀初頭だと推定している。以上のことから，文字で記されたホメロスの作品は，前8世紀初頭から前6世紀のあいだにできたと考えられる。

　ギリシア文字によって，長母音と短母音を正確に区別して書きとめることができるようになった。そのため，ギリシア文字の誕生と口伝の叙事詩の文字化が同時に行なわれたと主張する専門家もあらわれた。ホメロスと文字化の関係については，いくつもの仮説が登場した。ホメロスは最後の口誦詩人のひとりで，その朗誦を書記が書きとめたという説，ホメロス自身が消滅しつつあった伝統的な口誦詩をまとめて編纂したという説，さらにはホメロスがみずから新しい文字体系を考案し，作品も創作したという説などである。

　いずれにせよ，『イリアス』と『オデュッセイア』は完全に消え去って沈黙を強いられた伝承を奇跡的に結晶化したものだといえる。その場かぎりのものでしかなかった口誦詩が文字によって固定され，形のある文学作品となり，それと同時に「ホメロス問題」が生じたのである。

❖「人間は存在しない人びとを想像によってつくりだす。そしてたとえばホメロスのように，伝わっていないその容貌を，なんとか思い描こうとする。したがって，その人物がどのような姿であるかを知りたいとみなが思うこと以上に，その人物が成功を収めたという大きな証拠はないと私は考える」……………………………………………………………………………………

プリニウス『博物誌』

第５章

ホメロスでたどる人類の歴史

〔左頁〕マリオ・カメリーニ監督の映画『ユリシーズ』（1954年）から抜粋した一場面。

⇨ジョン・フラックスマンのデザイン「ホメロスの神格化」をもとにジョサイア・ウェッジウッドが制作した壺――このような形で，ホメロスの世界は生きつづけている。

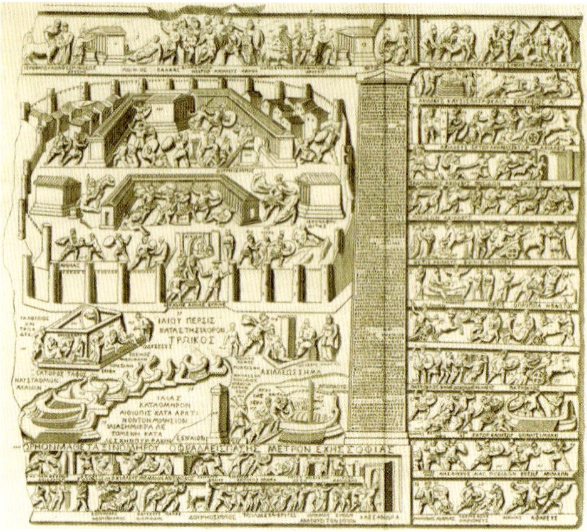

⇩プリエネのアルケラオスによる『ホメロスの神格化』と題された大理石のレリーフ(前110年ころ)――古代では，ホメロスは文字どおり崇拝の対象だった（「ホメロスが神だとすれば，神に対して当然払われるべき敬意が示される。神でないとすれば，神のようにみなされる」というエピグラムが残っている)。

ホメロスに捧げられた聖域もつくられ，とくにエーゲ海に面する都市スミルナ，エジプトのアレクサンドリア，アポロン神が生まれたというデロス島で多く見られた。

下のレリーフで，ホメロスは王座に座り，時間と人間が住む土地の神が彼に王冠を授け，足元には擬人化された『イリアス』と『オデュッセイア』がいる。彼の前には，物語，詩，悲劇，喜劇の神々と，神話，美徳，英知，記憶の寓意が並んでいる。

人生の教科書

古代ギリシアでは，ホメロスの作品は人生の糧《かて》であると考えられていた。哲学者ヘラクレイトスは，こういっている。「最初の教育を受ける無邪気な子どもの心をもった幼年期から，乳母のかわりにホメロスをあたえる。詩という乳を魂に飲ませることができないとしても，乳飲み子のころからホメロスをあたえることはまったく正しいことだ。少年時代，そして人格が形成される時期にも，ホメロスはすぐそばにいる。

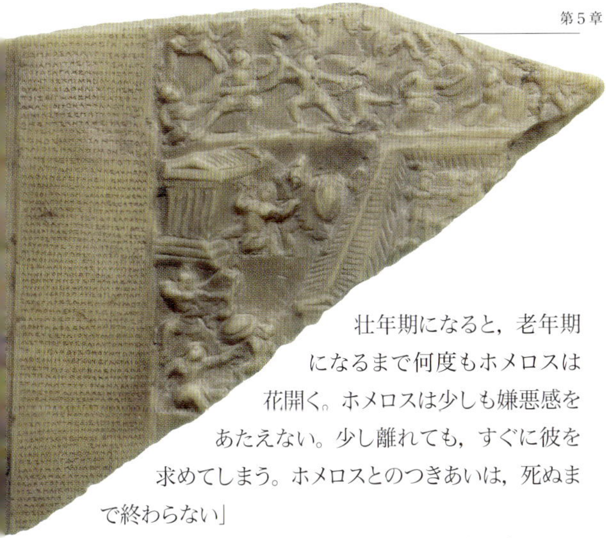

壮年期になると，老年期になるまで何度もホメロスは花開く。ホメロスは少しも嫌悪感をあたえない。少し離れても，すぐに彼を求めてしまう。ホメロスとのつきあいは，死ぬまで終わらない」

学校で生徒たちはホメロスを暗記し，詩の一節を書きとり，内容に関するテストを受けた。プトレマイオス朝（前305～前30年）のエジプトのパピルスには，次のような問題と答が記されている。

「問題：トロイア軍の味方についた神々は誰か。答：アプロディテ，アポロン，アレス，アルテミス，レト，スカマンドロス。問題：トロイア王の名前は。答：プリアモス」

プラトンによれば，「ホメロスはギリシア人たちの教師」なのだという。

大人たちも，社交界の集まりで行なわれるゲームなどで，ホメロスについての知識が必要とされた。たとえば，特定の文字が入っていない詩の一行を暗誦するというようなゲームである。ホメロスに関する知識があるということは，きちんとした教育を受けた人物であることの証明だった。ギリシアの軍人で歴史家のクセノポンは，ニケラトスというギリシア人の言葉を次のように引用している。

「私の父は，私を立派な人間にするため，なによりもまずホメロスの作品をすべて暗記させた。いまでも私は『イリアス』と『オデュッセイア』のすべての詩句を暗誦できると思う」

⇦〔左頁上〕「ゼノドトスによるイリオン（トロイア）の石板」——この大理石板の存在は，ローマ人がホメロスの詩に興味をもっていたことを示している。大半がローマで発見されたこの石板には，トロイア戦争にまつわる一連の叙事詩が装飾挿絵として描かれ，それぞれの場面や人物を説明する文章が添えられている。

右頁上の石板の断片には，ギリシア軍とトロイア軍の戦士たちの一騎打ちとトロイアの陥落が描かれている。

左頁上は，アッピア街道（ローマから南イタリアへ向かう古い街道）沿いの都市ボヴィラエで発見されたイリオンの石板の17世紀の版画。『イリアス』とトロイア戦争を題材としたほかの叙事詩から集められたさまざまなエピソードが描かれている。

これらの石板は教育的な役割をもっていたと考えられるが，はっきりした用途はわかっていない。前3世紀末から前2世紀初頭にかけて，『イリアス』と『オデュッセイア』から抜粋された同じ場面の浮彫りとその場面を説明する文章が刻まれた陶製の鉢がいくつもつくられている。ローマの歴史家スエトニウスによると，ローマ皇帝ネロも，同じ場面が刻まれた貴金属製の杯をもっていたという。

ギリシア人は歴史家ヘロドトスが強調しているように，ホメロスの作品を自分たちの神々について語られた「聖なる書物」として見ていただけでなく，人生のあらゆる状況で使える格言集でもあると考えていた。さらには，ホメロスの詩句をくじ引きのように使い，選んだ詩句によって未来を予想する占いまで行なわれた。

また,『イリアス』と『オデュッセイア』では英雄たちの食事，衣服，習慣などがこまかく描写されているため，それらをまねることは簡単にできた。ギリシアの著作家アテナイオスが断片の形で残した『ホメロスによる英雄たちの生活』は，まさしく人生の教科書といえる内容の本である。前述のニケラトスからマケドニアのアレクサンドロス大王まで，英雄たちの生活を実際にまねる人も多かった。

威信に満ちた過去と，希望に満ちた未来を語ったホメロスの作品は，政治的にも利用された。たとえばマケドニアのアレクサンドロス大王は，ダレイオス3世ひきいるペルシア軍と戦ったとき，ホメロスの権威を利用して軍の統制をとった。彼はトロイアへ巡礼を行ない，アキレウスを崇拝し，ホメロスの詩を翻訳させて当時マケドニアの支配下にあったインド

⇧ホメロスの肖像が刻まれた硬貨——ヘレニズム時代（前323～前30年）のいくつかの都市では，ホメロスの肖像を刻んだ貨幣が鋳造された。下はスミルナでつくられた硬貨で，1世紀のギリシアの地理学者ストラボンが描写しているスミルナのホメロスの聖域にあった像と関係している可能性がある。

⇧シカンブリアの建設——中世の伝説によると，フランクスはトロイアを脱出し，ドナウ川沿岸にシカンブリアの町を建設した。フランク族と呼ばれた彼の子孫は，ガリア（現在のフランスを含む地域）に移住した。11世紀以降，フランスでは王族や貴族の多くがトロイアの英雄に連なる家系だと主張するようになった。

にまで普及させ，友人ヘファイスティオンの葬儀をパトロクロスの葬儀にならってとりおこなった。

ギリシアやローマの政治家の多くが，トロイア戦争に参加した英雄たちの子孫であると公言していた。アテナイの僭主《せんしゅ》（古代ギリシアで，非合法手段によって政権を握った独裁者）ペイシストラトスはネストルの子孫を，エペイロス王ピュロスはアキレウスの子孫を自称した。また，2世紀のギリシアの修辞学者アエリウス・アリスティデスは，「ホメロスはギリシア人全員の助言者で保護者」だといっている。

ホメロスと中世ヨーロッパ

古代末期になっても，ホメロスを称賛する風潮はつづいた。キリスト教会は，キリスト教の教義にかなった解釈をするかぎり，ホメロスの作品を読むことに好意的だった。初期キリスト教の指導者バシレイオスは，流浪生活を送ったオデュッセウスを地上で苦しむ魂の寓意とみなした。

ローマの詩人ウェルギリウスの『アエネーイス』を通じてホメロスの作品が伝えられたヨーロッパでも，トロイアの王子ヘクトルの息子がフランクスと名前を変えてフランスの王になったなどという伝説が広まった。

その後，1453年にビザンツ帝国の首都コンスタンティノープルを陥落させたオスマン帝国のメフメト2世は，トロイア王プリアモスを「トルコ人の偉大な指導者」とよび，彼の後継者であることを自任して，この勝利をきっかけとして「トロイアの町を再建し，（略）ヨーロッパ全土をわが帝国の支配下に収めよう」と考えた。

〔左頁下〕アキレウスの墓にホメロスの詩を入れさせるアレクサンドロス大王——アレクサンドロス大王は，哲学者アリストテレスが改訂したホメロスの著作を，箱に入れてつねにもちあるいていた。古代の人びとは，英雄たちの墓や聖域に展示されていた彼らの遺品（ネストルの杯など）を見るために巡礼することもよくあった。

「あらゆる職務と作品と芸術家にとっての師」（モンテーニュ）

ルネサンス期に入ると，マルク＝アントワーヌ・ミュレをはじめとする人文主義者たちは，ホメロスの作品をふたたび子どもたちの教育の場にとりいれた。しかしフランスの作家ラブレーは，教師たちがホメロスに熱中しすぎると批判した。

フランスの思想家モンテーニュは『エセー』のなかで，16世紀の社会でもホメロスの影響力がつづいていることを示している。「彼の名前や作品ほど，人びとの口にのぼるものはない。トロイアとかヘレネとか戦争とかは実在しなかったのかもしれないが，人びとにこれほど知られ，受けいれられているものはない。いまだに，子どもたちには3000年以上も前に

⇩『ヘレネの略奪』グイド・レーニ作（1626年）――17世紀の芸術家たちは，トロイア戦争のさまざまな場面を当世風に置きかえた作品を描いた。この絵のなかでヘレネは，自分の意思で船に乗ろうとしているように見える。

スペイン王フェリペ4世の注文で描かれたこの作品は，その後パリの個人宅の画廊に，ギリシアやローマの歴史を題材としたほかの絵画と一緒に飾られた。

彼がつくった名前がつけられている。ヘクトルやアキレウスの名前を知らないものはいないだろう。特別な家系の人だけではなく，多くの民族が自分たちの起源を彼の物語のなかに求めている」

フランスの詩人ロンサールは，フランス王家の起源を歌った叙事詩『フランシアード』のなかで，フランク王国のカール大帝はトロイアの王子ヘクトルの息子フランクスの血筋であるとしている。

⇧フェヌロン『テレマックの冒険』に収録された版画――この本は，『オデュッセイア』を道徳的な面から解釈し，一部を書き直した作品である。一方，イエズス会が経営する学校では，『イリアス』も『オデュッセイア』も，礼儀作法を書いた本としてあつかわれた。

⇦オデュッセウスの船に岩を投げるポリュペモス（ル・プリマティスの絵画をテオドール・ファン・テュルデンが版画にしたもの）――ホメロスびいきだったフランス王フランソワ1世は，フォンテーヌブロー宮殿をホメロスの作品から抜粋したテーマの絵画で飾ろうとした。王の死後，『オデュッセイア』をテーマにした58枚の絵からなる「オデュッセウスのギャラリー」が完成した。

17世紀には，ホメロスの作品は新旧論争（古典文学と現代文学の優劣をめぐる論争）で批判されたが，絵画のモチーフとしてもてはやされ，依然として社会にも影響をあたえつづけた。1660年に，イエズス会神父ピエール・レスカロピエは『ホメロスの神学』で，ギリシア神話の最高神ゼウスはキリスト教の神を先どりしたものだと主張した。

フランスの作家フェヌロンは，国王ルイ14世の孫ブルゴーニュ公のために『オデュッセイア』の一部を書きあらため，1669年に『テレマックの冒険』という本にまとめた。若者向

⇦コルフ島のアキレイオンの庭園にエルンスト・ヘルターが制作した，瀕死のアキレウスの像——オーストリア皇后エリーザベトはアキレウスを崇拝し，コルフ島の宮殿を彼に捧げ，アキレイオンと名づけた。

⇩ジョン・フラックスマンがデザインしたアキレウスの盾《たて》——近代になると，ホメロスの作品に登場する英雄たちの装備の複製品がつくられるようになった。この盾と同じものも，青銅や金メッキされた銀で複数つくられ，そのひとつがイギリス王ジョージ4世の即位の際に贈られた。

また，ローマ教皇ピウス7世はフランス王シャルル10世に，この盾をこまかいモザイク模様にした小型の丸テーブルを贈っている。

けのこの教育的な本は，18世紀に大ベストセラーとなった。

フランス革命時にも，ホメロスは称賛の対象だった。たとえば1798年の「自由の祝祭」のとき，コレージュ・ド・フランス（フランスの高等教育機関）の教授たちは，ホメロスの胸像を担いで町を練り歩いた。

「ホメロスもの」の世紀

19世紀になると，ホメロスびいきはさまざまな形をとるようになった。フランスの作家シャトーブリアンは，ホメロスのような天才たちが人間の歴史を豊かにしているといっている。「すべてのものが，彼らの色に染まる。いたるところに，彼らの痕跡が刻まれている。彼らは言葉や名称を考案し，それらが民衆全体の語彙を増やす。彼らの表現が格言となり，彼らがつくった架空の人物が現実の人間となり，彼らに子孫ができる。彼らは地平線を切りひらき，そこから光がほとばしる。彼らは無数のアイデアの種をまく。彼らはあらゆる芸術に，さまざまな思いつき，主題，様式をも

⇦『アキレウスとパトロクロスの亡霊』ハインリヒ・フュースリー作（1803年）――18世紀末から19世紀初頭にかけて，著名な画家たちがホメロスの詩の挿絵となるような作品を描くようになった。『「イリアス」と「オデュッセイア」，およびウェルギリウスの「アエネーイス」から抜粋された絵画と，衣装に関する全般的考察』（1757年）のなかで，カイリュス伯爵は，装飾芸術の分野ではホメロスが近代のすべての詩人よりすぐれているといっている。なぜなら，ホメロスの詩は絵画に必要な「力強さ，正確さ，原動力，気品」を備えているからだという。そしてホメロスの作品は，詩よりも簡単に活用できる絵画として表現するのに適していると評価している。さらに彼は，部屋を飾る絵画やタピスリーなどの主題としてふさわしい『イリアス』の190の場面を列挙している。

イギリスの彫刻家でデッサン画家のジョン・フラックスマンは，1787年から94年までローマでホメロスの作品を題材にした版画集を制作した。その版画集は19世紀に，ガラス製品，磁器，ブロンズ像，織物，宝石加工などの装飾芸術の分野で広く利用された。

たらす」

現在ホメロスの作品は，選集，挿絵入りの本，注釈つきの本，対訳本などさまざまな形で普及している。20世紀初頭のフランスの人気小説の主人公アルセーヌ・ルパンでさえ，ホメロスの作品をすべて暗誦できるといっているほどである。花瓶やタピスリーなどの装飾芸術にも，ホメロスの世界が表現されている。画家，彫刻家，音楽家も，ホメロスとホメロスの詩，とくに『イリアス』に登場する英雄たちを好んで作品のテーマにとりあげている。

ΟΜΗΡΟΣ

ΘΕΟΣ ΕΣΤΙΝ ΟΜΗΡΟΣ ΕΝ ΑΘΑΝΑΤΟΙ
ΕΙ Δ ΑΥ ΑΝΘΡΩΠΟΣ ΕΣΤΙ ΝΟΜΙΖΕΣΩ

ホメロスの神格化

『神格化されたホメロス，あるいはホメロスの神格化』（1827年）と題されたこのアングルの作品は，ルーヴル宮殿のシャルル10世美術館の天井画として制作された。当時のカタログには，次のような説明文が書かれている。

「ホメロスは，ギリシアとローマ，そして現代の偉人たちから敬意を表されている。『宇宙』が彼に冠を授け，（歴史家）ヘロドトスが香をたき，足元には『イリアス』と『オデュッセイア』を擬人化した女性が座っている」

ホメロスに竪琴を差しだしているのは，古代ギリシアの詩人ピンダロス。右端で小箱をもっているのはアレクサンドロス大王。また，画家アペレス（左側で絵筆とパレットをもっている人物）とラファエロ（アペレスが手をとっている人物），批評家ロンギノスと詩人ボワロー（右下でペンを握っているふたり。羽ペンをもっているほうがボワロー）など，古代の人物と近代の人物も関連づけられている。

左下で人さし指をつきだしているのは画家プッサン。その隣にいるのは劇作家コルネイユ。右下の，ボワローの上でこちらを向いている人物が劇作家モリエール。その左隣が劇作家ラシーヌ。いずれも，17世紀フランスを代表する芸術家である。

アガメムノンの使者たちをむかえるアキレウス

18世紀末から19世紀初頭にかけて，フランスのエコール・デ・ボザール（国立高等美術学校）では，古代のテーマ，とくにホメロスの作品，なかでも『イリアス』から着想を得たテーマが課題として出された。

1800年，左の絵画『アガメムノンの使者たちをむかえるアキレウス』を描いた20歳のアングルは，この作品で翌年のローマ賞（芸術を専攻する学生にフランス政府があたえた賞）を受賞した。これはアガメムノンの使者たちが，アキレウスのもとを訪ねたときの場面を描いたものである。「彼（アキレウス）は驚いて，キタラ（弦楽器）を手にしたまま座っていた席からさっと立ちあがった。パトロクロスも彼らを見るなり，同じように立ちあがった」（『イリアス』第9歌）

テーマとして画家や彫刻家に課せられたエピソードには，パリスを責めるヘクトル，オデュッセウスの姿を認めた彼の愛犬など，さまざまなものがあった。1834年のローマ賞の課題は「ギリシアの町で自作の詩を歌うホメロス」だった。1844年のローマ賞建築部門では，ホメロスの記念建造物の設計が課題として出された。

⇧『シェリーの葬儀』ルイ・エドゥアール・フルニエ作（1889年）――叙事詩の英雄たちに憧れていたイギリスの詩人バイロン卿は，1822年7月8日に海で事故死した友人の詩人シェリーをイタリアの海岸で火葬した。この葬儀は衛生上の問題から行なわれたものだが，パトロクロスの葬儀を連想させる，ホメロスびいきのバイロン卿にふさわしいエピソードのひとつである。

ギリシア独立戦争に参加したバイロン卿は，1824年にギリシアのメソロンギで亡くなった。彼が支援したギリシア人反乱軍は，『イリアス』のさまざまな場面が描かれた装備を身につけていた。

記憶と歴史

ホメロスの叙事詩は，模倣という形で歴史のなかに生きつづけている。ギリシア独立戦争時（1821～30年），ホメロスびいきだったイギリスの詩人バイロン卿はギリシア人反乱軍を支援するため現地へ行ったが，そのとき彼は「赤い羽飾りがついた兜《かぶと》，鎖鎧《くさりよろい》，金属製のすね当て，むき出しのももにあたる短剣」など，ホメロスの作品に登場する英雄たちのようないでたちをしていた。彼に同行した人びとは，「彼はアキレウスのように立派な姿だった」といっている。

戦場で，人びとは階級を問わず，ホメロスの詩を読むことが多かった。フランス革命時にドイツへ亡命して貴族軍に加わったフランスの作家シャトーブリアンは，ホメロスの作品の小型版を携行していた。1801年にナポレオンのイタリア遠征に参加したフランスの作家スタンダールも，ホメロスの翻訳本12冊を荷物のなかに入れていた。

『トロイア，トロイア戦争，東方問題の有史以前の起源』（1915

年）のなかで，フランスの考古学者フェリックス・サルシオは，第1次世界大戦中のバルカン半島での戦いが，ホメロスが『イリアス』のなかで描いていている古くからの敵対関係に由来するといっている。

「ペルシア時代もそれよりはるか以前の時代も，神々から祝福されたエーゲ海地方にこれほど大きな影響力をもつことはなかった東方社会の破壊行為に対して，人びとがふたたび団結するときがきた」

⇧ジャン・ジロドゥの戯曲『トロイア戦争は起こらない』を演じるルイ・ジューヴェとルネ・ファルコネッティ（1935年）──ジロドゥは，『イリアス』はなによりもまず戦争に反対する人間性を歌った詩だと考えていた。

一方，第2次世界大戦直前の時期には，フランスの劇作家ジャン・ジロドゥが，さしせまった戦争に反対する気持ちをトロイア戦争と関連づけた戯曲『トロイア戦争は起こらない』（1935年）を発表している。

TROIE
LA GUERRE DE TROIE
ET LES ORIGINES PRÉHISTORIQUES
DE LA QUESTION D'ORIENT

L'action des troupes et des flottes alliées sur les Dardanelles rapproche et confond l'héroïsme du présent et les souvenirs les plus illustres d'un lointain passé. Le Simoïs et le Scamandre, qu'encadrent encore comme aux temps homériques les ormes, les saules et les tamaris, ont rougi de nouveau du sang des guerriers; nos soldats campent

⇦フェリックス・サルシオ『トロイア，トロイア戦争，東方問題の有史以前の起源』の抜粋（1915年）──サルシオは，バルカン半島の支配権をめぐる争いの起源が，トロイア戦争にあるとしている。第1次世界大戦でオスマン帝国の敗戦を決めた休戦協定は，1918年10月30日に戦艦アガメムノンの艦上で結ばれた。

⇧『オデュッセウスの帰還』デ・キリコ作（1968年）――流浪するオデュッセウスは，20世紀のさまざまな芸術作品のモデルとなった。

左下は，ジェイムズ・ジョイス『ユリシーズ』の表紙。ノーベル文学賞を受賞したギリシアの詩人イオルゴス・セフェリスも，オデュッセウスを題材にした詩を書いている。ルーマニア出身の詩人バンジャマン・フォンダーヌは，オデュッセウスをさまようユダヤ人になぞらえた。

「私はあなたたちの仲間だ／あなたたちと同じく，私も自分の人生をカバンに入れてもちはこぶ」

20世紀の英雄オデュッセウス

しかし20世紀の芸術家たちは，戦いに勝利するアキレウスよりも，流浪生活を送るオデュッセウスの姿からより多くのインスピレーションを受けていた。とくに文学では，アイルランドの作家ジェイムズ・ジョイスやポルトガルの詩人フェルナンド・ペソアの作品をはじめとして，『オデュッセイア』を現代風にアレンジした作品が数多くつくられた。

ホメロスの作品そのものも，新しい翻訳が次々と登場した。ロシア出身のフランスの画家シャガール，スイス出身のフラ

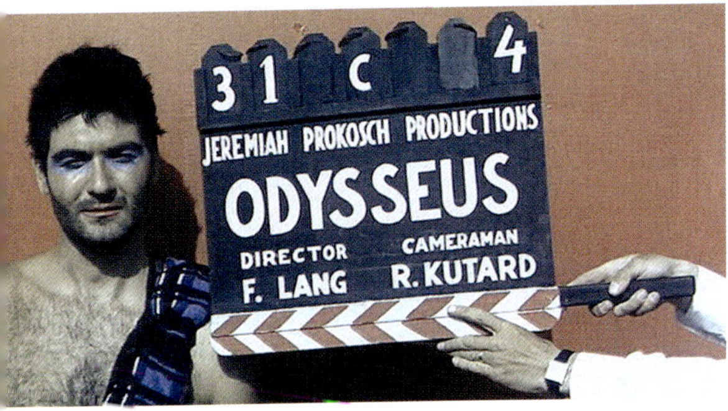

⇦ジャン=リュック・ゴダール監督の映画『軽蔑』（1963年）の一場面

⇩イーサン＆ジョエル・コーエン監督の映画『オー・ブラザー！』（2000年）で片目の男を演じるジョン・グッドマン――『オデュッセイア』に登場するひとつ目の怪物キュクロプスを下敷きにした人物である。

〔次頁〕エクトル・ベルリオーズの歌劇『トロイアの人びと』で，カッサンドラを演じるデボラ・ポラスキー（2006年）――この歌劇は，ホメロスとウェルギリウスの作品から，トロイア王女カッサンドラとカルタゴ女王ディドの悲劇をとりいれてつくられた。

ンスの建築家で画家のル・コルビュジエ，スペインの画家ピカソなどが描いた豪華な挿絵入りの本もつくられた。

映画でも，トロイア戦争のさまざまなエピソードやオデュッセウスの冒険談を，観客が期待している結末は変えずにさまざまに書きなおしたストーリーが脚本化された。古代から，何世紀にもわたって芸術がつくりあげてきたホメロスの世界は，見事に歴史的なひとつの事実として存在している。ホメロスは実在の人物か，どこまでが彼の作品なのか，詩のなかで語られている出来事は事実なのか，という疑問そのものが彼の世界を構成している。ホメロスの不確かな人物像，作品の年代に関する問題，内容についての疑問点が存在するのは，ホメロスの詩が世代を超えて脈々と受けつがれ，完全に人びとに受けいれられている証拠なのである。

生まれた場所でさえ，少なくとも10ヵ所の説があるホメロスは，世界中でもっとも知名度が高い詩人であり，「人類史上最高の文学者」といえる。アルゼンチンの作家ボルヘスは言っている。「私はホメロスだった。まもなく私は，オデュッセウスのように「人」になり※，やがて全世界になるだろう。そして死んでいくのだ」

※『オデュッセイア』は冒頭，ホメロスが学芸の神ムーサに「あの人の物語をしてください。トロイアの聖なる城を陥落させたあと，あちらこちらと流浪の旅に明け暮れた，あの機略縦横なる人の物語を」と呼びかける言葉で始まる。

資料篇

史上最高の文学者

⇧『イリアス』に登場する英雄たち
（J·H·W·ティシュバイン『古代美術品をもとに描いたホメロスの人物たち』所収　1801年）

1 ホメロスの幻影

ホメロスの作品はほかのどの作品よりも，古代の人びとの想像力を刺激した。彼らはトロイア戦争やオデュッセウスの物語に登場する英雄たち，そしてホメロス自身にも，いつかは実際に会うことができると信じていた。

「土墳の近くで短い揺れが起きた」

3世紀のギリシアの著作家ピロストラトスは，1世紀の神秘主義哲学者でさまざまな奇跡を行なったテュアナのアポロニオスがイリオン（トロイア）を訪れたとき，アキレウスが姿をあらわしたと語っている。

大勢の人を癒したあと，（アポロニオスは）イリオンの土地を訪れた。この地方の過去の出来事すべてに非常に興味をもった彼は，アカイア人（ギリシア人）たちの墓へ行き，彼らをしのんで話をし，儀礼にのっとった清らかないけにえをたくさん捧げた。それから，連れのものたちに船へ戻るよういい，彼自身はアキレウスの墓で夜を過ごすことにした。連れのものたちは，(略) アキレウスはいまだに恐ろしい姿をしているとか，イリオンの人びとはそのことをかたく信じているといって，彼を思いとどまらせようとした。

（アポロニオスは連れのものたちをなだめて，アキレウスの墓で夜を過ごした。翌日，彼が戻ると，連れのものたちは彼に質問を浴びせた）

誰もが彼の話を聞きたがったので，彼は語りはじめた。

「私はオデュッセウスのように穴も掘らなかったし，アキレウスと話をするために子羊の血で魂をよびだすこともしなかった。インド人たちが英雄たちに対してするとい

う祈りを捧げたのだ。

『ああ，アキレウスよ。あなたは死んだと大勢の人がいっていますが，私はそうは思いません。私が知識を授かったピタゴラスが死んだとも，私は思っていません。われわれが正しいのならば，お姿を見せてください。あなたがここにいることを証明するために，私の両目をお使いになってください』

そのとき土墳の近くで短い揺れが起きて，テッサリアふう（テッサリアはギリシア中北部の地方名）のマントを着た，背の高さが5クデ（1クデは約50センチメートル）はある若者が姿をあらわした。アキレウスは，一部の人びとがそう考えているのとはまったく異なり，偉そうにはしていなかった。彼は恐ろしく見えたが，輝きを失っていなかった。

ホメロスは彼の美しさについてたくさん語っているが，彼の美しさを本当に称賛したものはいままで誰もいなかったように思われる。彼の美しさは言葉にすることができず，ホメロスはそれを歌によって表現しようとしたが，すぐに無理だと悟ったのだろう。姿をあらわしたとき,彼は背が高かったが，さらに高く，2倍，いやそれ以上に伸びていた。

最後には，少なくとも12クデにはなっているように見えた。そして彼の美しさは，背の高さに比例して増した。彼は髪を切ったことが一度もなく，自分がはじめて知った川であるスペルケイオス川のために大切にとっておいたといった。彼のほほには，うぶ毛が生えていた。

彼は私に語りかけてきた。

『あなたに会えてうれしく思います。長いあいだ，私にはあなたのような人が必要だったのです。テッサリア人は，もう長いこと私に供物を捧げていません。でも，私は彼らに怒りをぶつけるつもりはありません。もしそうすれば，以前ここでギリシア人が死んだよりもずっと多い数の人間が，死ぬことになるからです。友好的に忠告するだけです。しきたりを破るのをやめ，この地のトロイア人よりも悪意がないことを示すように，と。

私のせいでトロイア人は多くの英雄を失いましたが，彼らは私のために公然といけにえを捧げ，その年の最初の収穫物を私にあたえ，嘆願のしるしの枝を私の墓に供え，休戦を求めて祈るのです。しかし，私は彼らと和解することができません。なぜなら，彼らは私に不実だったので，破壊された多くの都市がそうであるように，イリオンは以前の姿も栄光もとりもどすことができないからです。彼らは，自分たちの都市が最近破壊されたとしてもこれ以上ひどい状態にはならないくらい，繁栄を知ることは絶対にないまま，ここに住みつづけるのです。

そういうわけで，私がテッサリア人を同じような状況に追いやらないよう，私の言葉を彼らの議会に伝えてほしいのです』

私は伝えると答えた。なぜなら，彼らを

破滅させないことがこの伝言の目的だったからだ」

ピロストラトス
『テュアナのアポロニオス伝』
『ギリシア・ラテンの物語』所収

「アレクサンドロスは真っ白な髪をした立派な姿の男性を見たような気がした」

叙事詩に登場する英雄たちが姿をあらわす話は，古代ギリシアの歴史のなかで数多く見られる。それに反して，詩人たちが姿をあらわす話はきわめて少ない。だから『アレクサンドロス伝』のなかで古代ギリシアの著述家プルタルコスが語るホメロス出現の話は，非常に興味深い。

（エジプトの）アレクサンドリアの学者たちが（古代ギリシアの哲学者）ヘラクレイデスの言葉を信じていっていることが本当だとすれば，ホメロスは彼（マケドニアのアレクサンドロス大王）にとって，非常に行動的で役に立つ遠征の同行者だったようである。エジプトを征服したあと，アレクサンドロスはその地に大きくて人口が多いギリシアふうの都市を建設し，自分の名前をつけようと考えた。建築家たちの意見に従って，彼はある地域を測量させ，かこいをつくらせようとした。ところが，夜眠っているとき，不思議な夢を見た。アレクサンドロスは真っ白な髪をした立派な姿の男性を見たような気がした。その男性は彼のそばに立って，次のような詩を暗誦した。

「さて，荒々しい海上，エジプトの前方に，ひとつの島がある。その島はファロスと呼ばれている」（『オデュッセイア』第4歌）

アレクサンドロスはすぐに起きあがって，ファロス島へ行った。当時ファロス島はまだ島で，カノープス（アレクサンドリアの東にあった海港）の河口よりも少し川上にあったが，いまでは堤防で陸につづいている。彼は，その場所が非常にすぐれていると思った（事実，そこは十分に幅のある地峡に似た細長い帯状の陸地で，広い入り江と大きな港につながる外海のあいだに突きだしている）。

そこで彼は，ホメロスはすべての点で驚嘆すべき人物だが，とくに建築家としての能力があるといって，その場所の地形に適した都市の計画図を描くように命じた。

プルタルコス『アレクサンドロス伝』
『英雄伝』所収

2 ホメロスの墓の発見

古代から，ホメロスゆかりのものや場所は数多く指摘されてきた。ホメロスがその下で眠ったというイダ山の松，作品を書いたとされているスミルナの洞窟，コロポンやキオスで人びとに教えを説いたとされている場所などである。

19世紀フランスの作家シャトーブリアンは，キオス島に立ち寄ったとき，「ホメロスが通った同じ場所に敬意を表して，馬から降りて歩こうとした」という。

しかし，人びとを非常に驚かせる発見がなされたのは，イオス島でのことだった。

「骸骨は，内部に座った状態で発見された」

1772年に，フランスの新聞「ガゼット・ド・フランス」で，非常に奇妙なニュースが報じられた。

ナクソス（エーゲ海の島），1772年2月3日

ホメロスの墓が発見された。詳細は以下の通りである。

これまで大勢の旅行者が探索してきたスポラデス諸島のひとつニオ島（イオス島）で，エーゲ海のさまざまな島を訪れていたロシア軍のオランダ人将校グリュン伯爵（V・パッシュ・ファン・クリーネン）がこの墓を発見した。発見されたのは，6つの石でできた高さ14ピエ（1ピエは32.4センチメートル），長さ7ピエ，幅4ピエの石棺で，石のひとつにはギリシア語の文章が刻まれている。

これはおそらく歴史家ヘロドトスが書いている石棺と同じもので，ヘロドトスによれば，ホメロスの死後だいぶたってから墓のなかにおさめられたものである。ホメロスの骸骨は，内部に座った状態で発見された。しかし，外気によって骨は粉々になっていた。座った姿勢というのは，注目に値する。なぜなら，石棺に収められている遺体の多くが，同じ姿勢をとっているからである。

この状況は，古代ギリシアでは火葬が一般的ではなかったことも示している。この墓からは，壺（グリュン伯爵は，インク

壺だといっている)，三角形の薄い石（グリュン伯爵は，ペンだと考えている)，大理石を削ってつくられた細身の短剣（グリュン伯爵は，ペンを削るための小刀とみなしている)が見つかった。これらの品々は，ギリシア人がホメロスの時代から文字を使っていたことの証明になりうる。また，碑文・文芸アカデミーのメンバーだった学者のフレレ氏が『紀要』で発表したように，文字の使用の古さに関する推測を裏づける可能性がある。石棺のなかには，背面に判読不明の文字が刻まれた小像がいくつも入っていた。

この島で，グリュン伯爵はほかの墓をいくつも発見した。それらの墓にはすべて，異教徒のしきたりのように，メダルが一緒に埋葬されていた。このメダルは，霊魂が冥界を流れる川を渡る代金として使うものだという。グリュン伯爵は，ホメロスの母クリュメネの墓も探したが，発見できなかった。クリュメネは2世紀のギリシアの地理学者パウサニアスの『ギリシア案内記』(第10巻24章）でホメロスの母とされている女性で，パウサニアスの時代にはイオス島に彼女の墓があったという。

アランデル伯爵によって，パロス島でパロスの年代記と呼ばれる大理石に刻まれた碑文が発見されて以来，ホメロスはアッティカ暦676年，アテナイの執政官ディオゲネスが統治していたとき，つまり，前907年に生存していたことがわかっている。しかし，彼が生まれた年と死んだ年はわからない。ただ，サモス島からアテナイに向かう途中に寄ったイオス島の港で亡くなったことが知られているだけだ。

現在のニオの村にあたるイオスの村の住人たちは，高台にあるその村から海岸におりていき，病気のホメロスの世話をして，彼が亡くなったあと，墓をつくった。こんにちでは，ホメロスの母の名前と彼の出生地について，人びとの意見は一致していない。一般的にはクレテイスという女性の息子とされているが，パウサニアスに同意する人びとはクリュメネの息子だと主張し，さらにはテミストという女性の息子だという説もある。

「ガゼット・ド・フランス」紙
(1772年4月27日)

「ホメロスに敬意を表した大理石板に刻まれた文字」

この発見に，読者は大きな関心を示した。「ガゼット・ド・フランス」紙には，多くの手紙が寄せられた。なかでもパリス氏という人物は，手紙のなかで石棺に刻まれた文字を解説し，この墓がたしかにホメロスのものだと主張している

コンスタンティノープル（オスマン帝国の首都)，1773年1月18日

ホメロスの墓について。

ホメロスの墓が発見されたことで，たびたび論争の的となってきたホメロスの本当の出生地に関する問題に，決着をつけるこ

とができるように思いました。しかし，その望みは，結局かないませんでした。ホメロスの墓が発見され，大理石板に刻まれた文字が見つかったことで，さまざまな議論が起きました。しかし，いまだに疑問は残ったままです。真実はつねに，一般的意見や先入観と対立するものです。

ギリシア時代の末期，依然として3つの都市がホメロスの出生地の栄光を競いあっていました。彼の墓が発見されたことで，この点についての事情がわかるだろうと，私は考えました。しかし，満足のいく情報はもたらされなかったように思います。

報告によれば，文字はあらゆる時代に共通するしきたりにしたがった墓の上ではなく，石棺からはずれた大理石板に記されていました。それはまったく不合理なことのように思われます。文学界では知られた人物であるスミルナのフランス領事ペイソネル氏は，広い学識と先入観にとらわれない確かな見識をつねにもっている方ですが，このペイソネル氏が光栄にも私に手紙をくださいました。その手紙のなかでペイソネル氏は，

「この大理石板に刻まれた文字はホメロスに敬意を表したものにほかならず，ホメロスが亡くなった場所であるニオで，彼の死後，スミルナの議会の命令によって，この島に埋葬されたことを記念して書かれたもの」

だという考えを示されています。(略)

(ここでパリス氏は，大理石板の文字からは，ホメロスの出生地を特定することができないということを説明している)

発見された墓が本当にホメロスのものなら，われわれは感謝の念と共に彼の遺骸を丁重に安置しなければなりません。彼の出生地がどこであれ，芸術と学問が保護された土地であったことはたしかです。ヨーロッパはこのホメロスの墓をわがものとし，もっとも偉大な詩人であるホメロスの貴重な遺骸をそのなかにおさめることが許されるでしょう。

「ガゼット・ド・フランス」紙

(1773年4月)

③18世紀に広まった「ホメロスの生涯」

アンヌ・ダシエ夫人は17世紀末から18世紀にかけて活躍した古典学者で，翻訳家だった。『イリアス』と『オデュッセイア』のすぐれた翻訳で知られ，ホメロス作品への批判をきっかけに起こった「新旧論争（古典文学と現代文学の優劣をめぐる論争)」では，決然としてホメロスを擁護した。彼女は12世紀の文献学者エウスタティオスの注釈を参考にした解説をみずからの訳文に添え，『イリアス』には，歴史家(偽)ヘロドトスが書いたとされる「ホメロスの生涯」を収録している。

ダシエ夫人が収録した「ホメロスの生涯」には，ふたつの意味がある。まずひとつは，もっとも信頼できるホメロスの生涯の出来事を，当時の知識人に広く知らしめたこと，もうひとつはたとえその生涯に関して確かなことがわからなくても，ホメロスの才能には疑問の余地がないと証明したことである。

「ホメロスは出生地，生涯，そして名前さえもはっきりしない。(ローマ皇帝)マルクス・アウレリウスは，身元がわからなくてもこの上なくすばらしい人物だという場合がある，といっているが，この言葉はまさしくホメロスにあてはまる」

このように，ダシエ夫人はホメロスの作品を当時のヨーロッパ文学の規範として確立することに貢献した。

「さて，マグネシア（トルコ西部の都市）出身のメラノポスという男がキュメ（小アジア西海岸の港町）に身を落ちつけ，オミュレスという人物の娘と結婚して，女児を授かり，その子をクレテイスと名づけた。

両親が亡くなると，この子は父の友人クレアナクスの後見を受けるようになった。クレアナクスが気をつけていなかったのか，あるいは当時の風潮が全般的に品行に対して厳しくなく，自由な雰囲気が強かったのか，クレテイスはある男と関係して身ごもった。この不祥事を知ったクレアナクスは，隠密にことを運ぶことにした。彼はクレテイスをスミルナに行かせた。

スミルナは，キュメがつくられてから18年後，つまりトロイアが占領されて168年後にあたる当時，建設中の新しい港町だった。スミルナに移ったクレテイスは，出産予定日も近いある日，メレス川のほとりで開かれていた祭りに出かけた。そのとき陣痛がはじまり，彼女はホメロスを生んだ。メレス川のほとりで生まれたので，彼女はその子をメレシゲネスと名づけた。生活のため，彼女は糸つむぎの仕事をするようになった。(略)

そのころスミルナに，文学と音楽を教えるペミオスという男がいた。ペミオスは，近所の家に下宿するクレテイスの姿をたびたび見かけていたが，彼女の日ごろの行ないに感心し，自分の家によんで，弟子たちから謝礼として受けとる羊毛をつむぐ仕事を任せた。クレテイスは控えめで分別があったので，ペミオスは彼女と結婚し，彼女の息子を養子にした。彼は，その子が生まれながらにたぐいまれな才能をもっていることに気づいていた。

ペミオスとクレテイスが亡くなったあと，ホメロスはペミオスの学校と財産を引きつぎ，スミルナの人びとだけではなく，ほかの国の人びとの称賛も受けるようになった。スミルナは大きな商業都市だったので，各地から大勢の人がやってきたからである。

才気と教養があり，詩を愛するメンテスという名前の船主が，商売のためにスミルナを訪れた。彼はホメロスにすっかり魅了され，学校を閉めて一緒に旅行をしようとホメロスを誘った。そのころすでに『イリアス』の構想を練っていたホメロスは，さまざまな場所を見学し，それぞれの土地の風習を知ることは，詩作のためにこの上なく役だつだろうと考えた。そこで彼はメンテスと一緒に船に乗り，旅行中に，注目に値すると思われることをすべて注意深く記録した。(略)

彼は，エジプト，アフリカ，スペイン，外海，つまり大西洋，内海，つまり地中海を旅してまわった。そして，旅行中に見聞きしたたくさんの興味深く有益なことを，ふたつの詩にもりこんだ。(略)

スペインから戻る途中に，彼はイタケ島に寄った。そのとき，彼は目を患った。メ

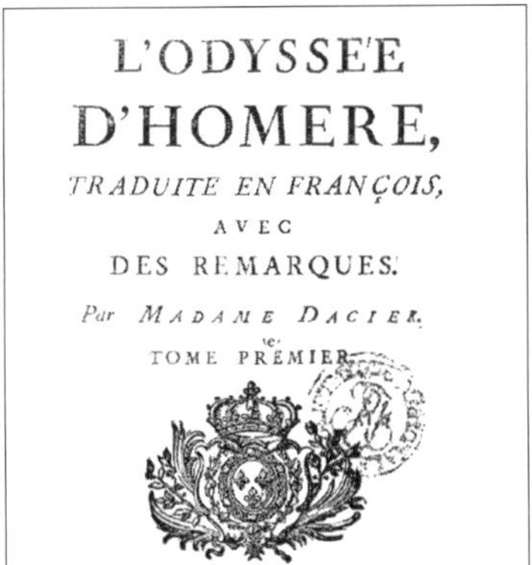
L'ODYSSEE
D'HOMERE,
TRADUITE EN FRANÇOIS,
AVEC
DES REMARQUES.
Par MADAME DACIER.
TOME PREMIER.
A PARIS,
Aux Dépens de RIGAUD, Directeur
de l'Imprimerie Royale.
M. DCCXVI.
AVEC PRIVILEGE DU ROY.

⇧『ホメロスのオデュッセイア』の本扉
(ダシエ夫人訳　1716年)

ンテスは故郷のレフカス（ギリシアの島）に急いで戻らなければならなかったので，イタケ島の有力者のひとりであるメントルという人物に，ホメロスを親身に世話してくれるよう頼んだ。メントルのもとで，ホメロスはオデュッセウスに関するさまざまなことを聞き，『オデュッセイア』を書く上でそれらを役だてた」

ホメロスはコロポン（小アジアの都市）で「ふたたび眼病にかかり」，完全に目が見えなくなった。その後，彼は「盲人」を意味する「ホメロス」という名前で呼ばれるようになった。

「ホメロスは，初期の詩人たちのしきたりに従って，詩の朗誦をしながら各地を転々とした。(略) 人びとは，各地を転々とするほかの詩人たちとホメロスを比較しようとした。ホメロスにとって，そのような比較はうれしくなかったが，才能もセンスもないほかの詩人たちにとっては，願ってもないことだった」

ポカイア（キュメの南方にある港町）で，テストリデスという人物がホメロスの作品を盗もうとした。

「彼はホメロスに，詩を書きうつさせてくれることを条件に，彼を家に引きとり，生活の面倒を見ると申しでた。ホメロスはそれを受けいれ，テストリデスの家で『小イリアス』と『ポカイアの歌』という詩をつくった。このふたつの詩を書きうつすと，テストリデスはポカイアを去り，キオス島に行って，それらの詩を自分のものとして披露した」

ホメロスもキオス島に移住し，家庭を築き，ふたりの娘の父親となった。その後，彼は友人たちの勧めに従って，「自分の名声をよりいっそう輝かせるために」島を離れてギリシア本土へ向かった。

しかし，途中のイオス島で，彼は病気になって亡くなった。

「人びとは彼のために立派な葬儀を行ない，海岸に埋葬した。なぜなら偉大な人物の墓は，人の行き来が多い場所につくるのがしきたりだったからである」

ダシエ夫人訳『イリアス』
「ホメロスの生涯」

④アキレイオン

アキレイオンとは，オーストリア皇后エリーザベトのために，イタリアの建築家カリットが1890年から91年にかけて，彼女が好きだったエーゲ海のコルフ島に建てた別荘である。

フランスの観光案内書『ブルーガイド　ギリシア版』（1936年）では,「このギリシアふうの別荘は，今は亡き皇后お気に入りの英雄アキレウスに捧げられた建物で，過剰なほど豪華な装飾がほどこされ，少々悪趣味である」と説明されている。

シェイクスピアやハイネ，スウィンバーン（イギリスの詩人)，トルストイなどの熱心な読者だったオーストリア皇后エリーザベトは，ホメロスの作品を読むためにギリシア語を学び，ホメロスの作品を暗誦した。

彼女は1884年に，ドイツの彫刻家エルンスト・ヘルターにアキレウス像の制作を依頼し，完成した見事な像を最初はウィーンに，その後リンツ（オーストリア中北部の都市）の狩猟小屋の庭園に置いた。コルフ島の別荘が完成すると，彼女はアキレウス像をその別荘に移し，(イタリアの）ミラマーレ城に置くために像の複製をつくらせた。エリーザベトはこの像のそばで,『イリアス』と『オデュッセイア』を読む習慣があった。

この像について，彼女は次のようにいっている。

「私は『瀕死のアキレウス像』に，自分の宮殿を捧げました。なぜなら，アキレウスは私にとって，ギリシアの精神と，この地上と人間の美しさを擬人化したものだからです。私が彼を好きなのは，走るのが非常に速いからでもあります。彼は毅然として誇り高く，すべての王とあらゆる伝統を無視し，麦の穂のように死によって刈りとられるだけでしかない人間をとるにたりないものとみなしました。彼は自分の意志だけを聖なるものと考え，自分の夢のためだけに生き，彼にとっては人生すべてよりも悲しみのほうが価値があったのです」

アキレイオンには，さまざまな昔の神話

(アポロン神と彼が恋した娘ダフネの物語や,英雄テセウスと王女アリアドネの物語),神々(アポロン,ヘルメス,アルテミス,詩の女神たち),古代や近代の著作家たち(イソップ,ソフォクレス,プラトン,シェイクスピア,バイロン,ハイネ)を題材とした彫像,浮彫り装飾,フレスコ画があるが,ホメロスは特別な位置をしめている。

ホメロスの肖像画がふたつ,『オデュッセイア』の場面を描いた風景画が多数,建物の入口には,勝利したアキレウスがトロイアの城壁のまわりでヘクトルの遺体を引きずる場面を描いた4×10メートルもの巨大な壁画,そしてエリーザベトの寝室には,オデュッセウスと彼が流浪中に出会った王女ナウシカを描いた親しみやすい絵画がある。エリーザベトのギリシア語の家庭教師C・クリストマノスは,この別荘のギリシアふうの装飾と「ホメロス的」な雰囲気を的確に描写している。

「ここ,この憩いの場所,彼女が自分の手ですっかりつくりあげ,ひたすら自分自身でいられることを望むこの場所には,彼女という崇高な存在の特徴がはっきりとあらわれている。これらの部屋は隅々まで,悲しみが揺らめいている。いたるところ,繊細でたぐいまれな色彩,言葉にしがたいニュアンスが漂っている。それらはたとえてみれば,消えゆく香水のかすかな匂い,以前の輝きを失った黄金,弱まりつつある光のようである。ペネロペイアやヘレネといった高貴な女性たちが,自分の夢の壮麗さを意識していたならば,彼女たちの部屋はこのような場所だったに違いない。

そこには,侍女のアドレステがヘレネに差しだしたような見事な細工の椅子がいくつも

⇧アキレイオンのムーサの庭　コルフ島

ある。それらの椅子には銀と象牙がはめこまれ，羊毛でおおわれている。足元には足台が優雅に置かれ，室内にあるいくつもの高価な大箱は，ペネロペイアがかぐわしい衣服を入れていたものに似ている。

寝室では，オデュッセウスがオリーヴの木の株の上につくったベッドのように，完璧にギリシアふうに細工された幅広のベッドが，地面から生えている1本のヤシの根元につくられていた。光沢のある支柱には，夢がからみつくクッションを支えるためであるかのように，ニンフ（精霊）の装飾が巻きついている。ベッドの上には絹の毛布がかけられている。それは，ユリの花をかかえたヘレネが，客であるテレマコスのためにベッドを整えるよう侍女たちに命じたときのことを連想させる」

エリーザベトはホメロスの作品に夢中だったので，このような室内装飾をしていたとしても，別に驚くことではない。彼女はハインリヒ・シュリーマンの調査も注意深く見守り，1885年にはヒサルリックの丘の発掘現場も訪れた。また，トロアスにあるというアキレウスの墓にも行っている。

その後，アキレイオンは1907年にドイツ皇帝ヴィルヘルム2世によって買いとられた。彼はこの別荘にたびたび滞在し，さまざまな改修を行なった。なかでも重要なのは，中央のテラスに置かれていた『瀕死のアキレウス像』を庭園の低い場所に追いやり，そのかわりに勝利するアキレウスの巨大なブロンズ像を設置したことである。その像には，次のような奉献の言葉が書かれていた。

「強大なドイツ人の皇帝ヴィルヘルムが，のちの世代の思い出のために建造した，ペレウスの子アキレウスの像」

このように，女神テティスの息子であるアキレウスをドイツの若者の模範としたのである。コルフ島に滞在中，ヴィルヘルム2世はこのテラスで仕事をすることを好んだ。第1次世界大戦中，アキレイオンは（ドイツ軍と敵対する）フランス軍とセルビア軍によって，東部戦線の負傷兵を収容するための病院に転用された。その結果，アキレウス像はドイツのものではなくなり，奉献の言葉も消し去られた。

アレクサンドル・ファルヌー

5 ホメロス作品の翻訳

ホメロスの作品を翻訳するためには，もちろんギリシア語の知識が必要である。しかし，それだけでは足りない。『オデュッセイア』の翻訳をしたT·E·ロレンスとフィリップ・ジャコテは，翻訳には専門知識が必要だということを，それぞれのべている。

一方，フランスの批評家アルベール・チボーデは，ヴィクトル・ベラールによる翻訳は，声を出して読むのにふさわしい見事な出来だといっている。

「アラビアのロレンス」の翻訳

「アラビアのロレンス」という名前で知られるイギリスの軍人で考古学者のT·E·ロレンスは，ワジリスタン（パキスタン北西部）の駐屯地で暇をもてあましていたとき，ホメロスの作品の翻訳を引きうけた。彼はこの翻訳についての自分の考えを，次のように手紙で出版社に説明している。

1931年1月31日

それでも，実際私は，ホメロスを翻訳した人びとの多くと同じくらい，ホメロスを翻訳するのにふさわしい人間だと思います。何年ものあいだ，われわれはおおよそ『オデュッセイア』の時代の都市を発掘しました。私は当時の武器，甲冑《かっちゅう》，生活道具を手にとり，家屋を調査し，都市の地図をつくりました。私は野生のクマを狩り，獰猛なライオンを待ち伏せ，エーゲ海を航海し（そして船を操縦し），弓を引き，牧畜民と一緒に生活し，布を織り，船を建造し，大勢の人を殺しました。ですから，私は『オデュッセイア』を理解するためのさまざまな知識と，『オデュッセイア』を翻訳することのできるさまざまな経験をもっているのです。

1931年2月25日

はい，（『オデュッセイア』に登場する）斧《おの》の競技の場面についてのブッチャーとラング（彼らは共同で『オデュッセイア』を翻訳した）の説は知っています。ほかの学者たちもみな，程度の差こそあれ，彼らの説を支持しています。私は斧の刃を発見しました。(略)

20歩離れた場所から，斧の柄を差しこむ穴に矢を貫通させることなど，誰にもできなかったはずです。ましてや，12個などとても無理です。もしそのようなことができたなら，それは射手ではなく斧を置いた人物の手柄です。

ところで，原文では，酒器を並べた台と同じ高さに刃が垂直に置かれている，という記述などありません。ただ，大広間の踏みかためられた地面にテレマコスが溝を掘り，斧をしっかり突きさした，とあるだけです。テレマコスは，以前，同じように斧を並べたことがなかったのでしょうか。それならば，斧がきちんと一直線に並んでいなかったかもしれません。仮に，斧の長さが1メートル50センチだとして，地面に突きさした部分が15～20センチだとすれば，1メートル80センチの男が20メートル離れた場所に立っていても，そこから一列に並んだ斧のあいだを簡単に射ぬくことができます。射手にとって難しいことはなにもなく，見物人もテーブルの前に座ったまま，矢が斧のあいだを通過する様子を見ることができたはずです。(略)

考古学者と射手として，私は個人的には12本の斧を6本ずつ両側に並べたと考えたいのです。ギリシア語の文章全体から見ても，実現可能な方法としても，それ以外にはありえません。「実現可能」という言葉を人びとが好まないことは良くわかっています。(略) それでも，『オデュッセイア』をできるだけ意味の通る作品にしなければならないと思うのです。

T･E･ロレンス『書簡集』

ヴィクトル・ベラールと「よどみない言葉」

（フランスの詩人で批評家の）ボアローがいうように，どのように効果的な方法で，また本来「そうすべき」方法で，ホメロスの作品を翻訳したらよいのか。なぜなら，われわれは「最善」をつくさなければならない，という気持ちをもっており，最善に到達することはできなくても，到達するよう努力することはできるからである。なによりも，韻律，リズムなどに配慮しなければならない（略）

そもそもホメロスの作品は，文章として読まれたのではなく，吟遊詩人によって暗誦され，その暗誦を人びとが聞くという形をとっていた。プラトンとアリストテレスは，まさしくホメロスを最古の劇詩人のひとりだと考えていた。ベラール氏も同じ姿勢で，ホメロスを研究し，翻訳した。ジュネーヴ写本やとくにパピルス類にはト書きの跡が見られ，吟遊詩人が歌うときに使われたものと考えられ，それらは読みものというよりも，「台本」あるいは「小冊子」を思わせる。(略)

つまり，ホメロスの詩は読むものではなく，口に出していうものなのである。フランシュ＝コンテ地方（フランス東部）の標語は,「フランシュ＝コンテ人よ，降伏せよ！——誓って，否」（以前スペイン領だったフランシュ＝コンテにフランス軍が降伏をせまったとき，フランシュ＝コンテの人びとは拒絶した）だが，このようなジュラ県の人間の頑固な思考を，ベラール氏はまったくもちあわせていない（ヴィクトル・ベラールは，フランシュ＝コンテ地方に属するジュラ県で生まれた)。

ホメロスの詩は口ずさむためにつくられたのだから，口に出して言いやすい翻訳が良い翻訳なのである。ホメロスの感覚だけではなく，ホメロスのリズムだけではなく，ホメロスの精彩だけを伝える翻訳では足りない。それまでどの翻訳者も目を向けなかった，演じられる詩，口ずさまれる詩句という作品の本質をとらえた，ホメロスの音の響きも伝える翻訳がとくに求められる。(略)

ベラール氏にとって，韻を踏まない無韻詩は，いってみればホメロスの歌い方の型をとるために不可欠なものだった。なぜなら，彼にとってはホメロスの歌い方を翻訳することが重要だったからである。彼は(現代のフランス詩で一般的な）12音節詩句やそのほかの詩句で書かれる文章よりも，プラトンが『イオン』で触れているような町の守護女神アテナをたたえるためのアテナイでの祭典で歌う吟遊詩人に目を向けていた。マラルメは，あらゆるものは本になるために存在する，といった。

しかし,『オデュッセイア』の翻訳のためにベラール氏が35年間かこまれていた本の壁，つまり現代の本とアレクサンドリア図書館の学者たちの本は，彼にとって，吟遊詩人よりも，ホメリダイ（ホメロスの子孫を称したキオス島の詩人たち）が活躍した時代に演じられた詩のリズムと音の響きをもつよどみない言葉よりも，下に位置する存在なのである。

そこで，少し奇妙な状況が生まれる。読者1000人のうち，999人は文字どおりこの翻訳を「読む」だろう。楽しいと思う読者も，少し単調だと感じる読者もいるだろうが，(フランスの歴史家で批評家の）バンヴィル氏のようにフランス語の音に敏感で無韻詩を毛嫌いしている人びとは，この翻訳を拒絶するはずである。(略)

しかしこの999人の「読者」はたんなる受け手で，ベラール氏の翻訳は残りのたったひとりの選ばれた人だけを対象としている。この選ばれた人は，自分こそが読者，朗誦者であると主張できる。ベラール氏が用いた無韻詩は，朗誦の媒介としての役目をはたしている。ホメロスの感覚だけを翻訳するのではなく，ホメロスの精彩だけを移しかえるのではなく，ホメロスのリズムだけを伝達するのではなく，聴衆の前で人体という楽器を使って，ギリシア語の叙事詩とフランス語の叙事詩を一致させることが重要なのである。ベラール氏の翻訳に対する酷評の多くが，この翻訳は本の翻訳ではなく，劇詩の翻訳であるということを無視している。(略) この翻訳が実際に朗誦されるのを聞くまでは，この翻訳を本当の意味で評価することはできないと思われる。(略)

この翻訳と出版の重要な意図は，目の錯覚がわれわれを文字の領域に向かわせているものを，口に出す言葉と朗誦の次元に移すこと，「結局のところ，ギリシアの起源のアカイア人の時代から不活発なヘレニズム時代まで，イオニア方言の叙事詩，アイオリス方言やドーリア方言の抒情詩，悲劇や喜劇，アテナイの対話篇（ロゴイ）など，実際の古代ギリシア人のあらゆる行ないである，声に出され，暗誦され，歌われ，生命を吹きこまれた文学」の具体的な感覚をわれわれにあたえることにある。われわれはギリシア文学を必死の思いで「読む」ことにあまりにも慣れているので，ギリシア文学のよどみない言葉という性質をうまく翻訳することができないのである。

アルベール・チボーデ「ホメロスの翻訳」『文学に関する考察2』(1940年)

詩を愛する心

エレーヌ・モンサクレ：『オデュッセイア』のような記念碑的作品の翻訳に挑戦するのは，途方もなく大変だと思うのですが。

フィリップ・ジャコテ（スイスの詩人で翻訳家）：若いころは，大人になってからはできないような無鉄砲なことをするものです。それに，私にはギリシア語がとても新鮮だったのです。私はリセで，当然のことながらギリシア語を勉強しました。14歳のとき，すでに私は詩を読むことに熱中していました。ローザンヌ大学文学部で，私はアンドレ・ボナールという教授に出会いました。彼はれっきとした「古代ギリシア語研究者」というよりも，詩と文学を愛するひとりの人間でした。当時，パリの大学などとくらべて，ローザンヌ大学でのギリシア語の学習はそれほど専門的ではありませんでした。文献学の研究はあまり行なわれず，そのため詩を愛する心が形成されました。結局，私はホメロスを翻訳するためにふさわしい教育を受けたのです。そうでないとしても，私は詩への情熱をはぐくみました。

エレーヌ・モンサクレ：つまり，古代ギリシア学研究という学問からは，距離を置いていらっしゃった……。

フィリップ・ジャコテ：私は古代ギリシア学研究者ではありません。私は詩をつくります。ベラール氏の作品のように，見かけは詩でも，実際にはリズムのついた散文作品にすぎないものなど，つくるつもりはありません。ある意味，それが決定的な動機となり，私は自分なりの手本を見せたいと考えました。ポール・マゾンによる『イリアス』の翻訳は，かなり良いと思います。誠実で，気取りがありません。なによりも，マゾンは翻訳するものの内容を知っており,ギリシア語の知識があり,それと同時に,彼の翻訳には散文の美しさがあります。

エレーヌ・モンサクレ:とはいえ,叙事詩を形成している非常に独特なエピテトン(枕詞),定型表現,言葉遊び,比喩,くりかえしなどは,一読してすぐに理解できるというものでもありません。翻訳を進めるなかで,文体に関するこのような問題をどう処理したのですか。

フィリップ・ジャコテ:それに関しては,『オデュッセイア』の翻訳に添えて1955年に書いた「翻訳に関するメモ」のなかの言葉をくりかえさせていただきます。

「全体として,私は可能なかぎり原文を文字どおり訳出した。私の翻訳では,注に明記した場合をのぞけば,いわばホメロスの自由な言葉づかいに匹敵するような自由な翻訳を行なっている。つまり,たとえば『忍耐強いオデュッセウス』というギリシア語の定型表現がある詩句で,どうしてもその言葉を翻訳ではあてはめることができない場合,『気高いオデュッセウス』など別の定型表現を用いた。また,いくつかの詩句はそうすべきところを,そう訳さなかった。たとえば,『神のようなオデュッセウスの息子テレマコス』は『高潔なオデュッセウスの息子テレマコス』とした。この意味でもっとも大胆に私が訳出したのは『ラエルテスの息子オデュッセウスにふさわしい妻』という意味の詩句で,これを私は『オデュッセウスにふさわしい妻,ああ,尊敬すべきペネロペイア』とした。この程度の自由な翻訳は,人びとから受けいれられると思う。なかには,韻律の関係で,枕詞を省略した個所もある。

叙事詩を批判的に読みこんだ結果,ある瞬間,私は途方もなくつくりこまれたこの詩は,ある意味,物事全体の統一がとれた美しさの一部をなしているのではないか,ということに気づいた。そして,枕詞や定型句をわざわざ排除してはならず,おそらくその機械的な側面を受けいれる必要があると思った。これは古い時代の文章なのだから,堅苦しくて様式にしばられていても当然なのだ。また,暗誦するためにつくられた詩であるという特徴も保たなければならなかった。そういうわけで,翻訳する前,私はギリシア語の詩句を聞き,古代ギリシアの人びとがどのようにこの詩を聞いたのかを想像しようとした」

エレーヌ・モンサクレが収録した言葉
『マガジン・リテレール』誌
(2004年1月)

6 ホメロスと聖書

ヨーロッパのふたつの重要な書物であるホメロスの作品と聖書は，必然的に比較の対象とされてきた。古くはギリシア語で著述した1世紀のユダヤの歴史家フラウィウス・ヨセフスにさかのぼり，17世紀には非常に多くの比較研究が行なわれたが，とくに内容のある業績が残されたのは19世紀と20世紀のことである。

シャトーブリアン

19世紀フランスの作家シャトーブリアンは，『キリスト教精髄』のなかでホメロスの作品と聖書を対比させ，聖書のほうが文学的にすぐれていると主張した。

聖書に関する事柄はいままでたくさん書かれ，注釈も数を重ねてきたが，おそらく現在でも手つかずの方法は，ホメロスの詩と聖書を対比させ，その美しさを語るというものだろう。何世紀もかけてホメロスの詩は一種の神聖さをもつようになり，聖書と比較することも冒涜とは考えられないほどにまでなった。ヤコブ（古代イスラエルの族長のひとり）と（ピュロス王）ネストルは同じ一族の出身ではないが，それでも彼らは共に世界の最初の時代に生きた人物で，イシュマエル（古代イスラエル民族の父祖アブラハムの息子）のテントとピュロスの宮殿はそれほど離れていないような感覚さえ覚える。

シャトーブリアンの目的は，聖書がホメロスの詩よりも美しいと示すことにあった。聖書は，神が霊感をあたえた書物だからである。彼によれば，聖書の優越性は文体にあらわれているという。

聖書の簡素さは，神と人間に関する知

識が豊富で，聖域の奥から英知に満ちた神のお告げを伝える古代の司祭の簡素さである。キオス島の詩人（ホメロス）の簡素さは，長い人生で経験したことを宿の炉辺で語る年老いた旅人の簡素さだ。

この簡素さは，とくに叙述の部分で顕著で，そこでは簡素さこそが道徳的に重要な意味をもっている。

ホメロスの叙述は，挿話，語り，壺や衣服や武器や王杖《おうじょう》の描写，人の家系やものの由来などによって中断される。固有名詞には，エピテトン（枕詞）が添えられる。英雄にはたいてい，「神のような」「神に似た」「人びとから神のように敬われている」というエピテトンがついている。

王女はつねに「美しい腕」をしていて，「デロス島のヤシの幹」のようで，「美の三女神のうち一番若い女神」のような髪をしていなければならない。聖書の叙述は手短かで，挿話も語りもない。格言が散りばめられ，登場人物の名前は美化されない。名前はいつまでもそのままくりかえされ，代名詞で置きかえられることはめったになく，「そして」という接続詞がひんぱんに添えられ，ホメロスが描写した社会よりもずっと自然の状態に近い社会が舞台であることを思わせる。『オデュッセイア』の登場人物はすでに自尊心に目覚めているが，(聖書の)「創世記」の登場人物の自尊心はまだ眠ったままである。

とくに，選ばれた民（古代イスラエル民族)の指導者たちの生活習慣は,(ホメロスの作品に登場する）英雄たちの生活習慣よりも清純である。

オリエントの指導者たちの息子は，イリオン（トロイア）の王たちの息子と同じように家畜の番をする。しかし，パリスはトロイアに戻ると，宮殿で奴隷にかこまれて快楽にふける生活を送る。

たしかに，ホメロスの作品には非常に美しい場面がいくつもある。シャトーブリアンは，たとえばアルキノオス王の前でオデュッセウスがひそかに涙を流す場面と，ヤコブの子ヨセフが兄弟たちと再会して泣く場面を比較している。

このようなすばらしい場面によって，何世紀もかけてホメロスはほかの偉大な天才たちのあいだで第一人者の地位を獲得した。神の命令によって多くの人が同じような場面を書いたが，そのなかで勝利したホメロスの評判にはなにひとつ恥ずべきものはない。しかし，批評家たちになんの逃げ道も残さなかった点で，彼はおそらく敗北したのである。

つまり，ホメロスの作品と聖書の対比は，ホメロスの作品に不利となったが，最後をしめくくる次の文章でわかるように，ホメロスの作品にも敬意が表されている。

一般的に，ホメロスの作品はさまざまな人間について考えさせるが，聖書は人間というものについて考えさせる。

シャトーブリアン
『キリスト教精髄』(1802年)
からの抜粋

エーリヒ・アウエルバッハ

ドイツの文献学者エーリヒ・アウエルバッハも，『ミメーシス，ヨーロッパ文学における現実描写』(1946年）のなかで聖書とホメロスの叙事詩を対比させている。しかし彼の目的は，どちらがすぐれているかをあきらかにすることではなく，それぞれの特徴を分析するところにある。

ホメロスの詩は，芸術的，言語的，とくに構文的には非常にすぐれたひとつの文化を形成しているが，人間像は比較的簡素である。また，描写された人生の現実に対する関係についても，全般的に簡素だといえる。ホメロスの詩で重要なのは，人間と人間が感じる喜びの具体的な存在で，なによりもまずホメロスの詩は，その喜びをわれわれに感じさせようとする。戦闘と情熱，冒険と危険のあいだで，狩猟や祝宴，宮殿やあばら屋，競技や洗濯など，さまざまなものがわれわれの目の前で披露される。これは，われわれが実際の生活のなかでの英雄たちを見て，社会習慣，風土，日常生活に根づいた彼らの存在を味わって楽しむためのものである。(略)

人びとはたびたび，ホメロスをうそつきだと非難してきた。しかしこの非難は，ホメロスの詩の効果を少しも弱めない。彼は自分の物語を歴史的真実にもとづいて語る必要はなく，彼の現実はそれだけで十分に力強い。われわれを魅了するこの「現実」世界はそれ自体で完結しており，それ以外のものをなにも含んでいない。ホメロスの詩はなにも隠しておらず，そこには教訓も秘められた意味も存在しない。(略)

聖書の叙述では，事情がまったく異なる。聖書の目的は，感覚を楽しませることではない。たとえ感覚を強く刺激することがあっても，それは，聖書の叙述の唯一の目的である倫理的・宗教的・精神的出来事が，より実際的な現実生活を通して具体化されているからである。さらに，聖書の叙述の宗教的意図は歴史的事実を絶対に必要とする。アブラハムと（彼の息子）イサクの物語は，オデュッセウスやペネロペイアやエウリュクレイア（オデュッセウスの乳母）の物語と同じくらい信憑性がない。両方とも，伝説なのである。しかし，聖書の語り手，エロヒム資料（旧約聖書の原資料のひとつ）の作者は，アブラハムの犠牲の物語が客観的な真実であることを信じる必要があった。人生の神聖な秩序は，この物語やこれに似たほかの物語の真実性に根拠を置くからである。

エーリヒ・アウエルバッハ
『ミメーシス，ヨーロッパ文学における現実描写』(1946年)

シモーヌ・ヴェイユ

一方，シモーヌ・ヴェイユとラシェル・ベスパロフは，ホメロスの作品と聖書や福音書に見いだすことのできる哲学的・宗教的な共通点を強調している。フランスの哲学教師で，左派の政治的立場をあきらかにし，宗教的な神秘体験もしたシモーヌ・ヴェイユは，1943年に亡命先のイギリスで亡くなった。

ユダヤ系ウクライナ人の知識人で，両大戦間の哲学者（フランスのガブリエル・マルセルやジャン・ヴァール，ドイツのハイデッガーなど）に関するたくさんの研究論文を執筆したラシェル・ベスパロフは，戦争中に亡命したアメリカで1949年に自殺した。

1939年から40年にかけて執筆され，1941年に「カイエ・デュ・シュド」誌で偽名で発表された「『イリアス』あるいは力の詩」と題された文章のなかで，シモーヌ・ヴェイユは次のように書いている。

『イリアス』の本当の英雄，本当の主題，本当の中心は，力である。(略)

いずれにせよ，この詩は奇跡だ。ここでは，悲嘆はその唯一正当な原因，つまり，人間の魂が力，いいかえれば「もの」に従属していることと関係している。この従属関係は，その度合いこそ魂の高潔度によってそれぞれ異なるが，すべての人間に共通している。この地上で，この従属関係から免れているものはないのと同じく，『イリアス』のなかで，この従属関係から免れているものはなにもない。この従属関係に屈している人はみな，この事実をとるにたりないものとは考えていない。魂の内側と人間関係において，力の支配を脱しているすべてのものは愛される。しかし，いつでも破壊される危険をともなうため，その愛は痛ましい。

これが，ヨーロッパが所有する唯一本物の叙事詩の精神である。『オデュッセイア』は，『イリアス』あるいはほかのオリエント起源の詩のすぐれた模倣品でしかないように思われる。(ローマの詩人ウェルギリウスの)『アエネーイス』は，才気に満ちてはいるが，精彩のなさ，美辞麗句，悪趣味によって台無しになった模倣品である。武勲詩は，公平さを欠くために壮大なものとはならなかった。たとえば，フランス最古の武勲詩『ローランの歌』では，作者は敵の死と主人公の死を同じようにあつかっておらず，読者も敵の死に対して主人公の死と同じようには心を動かされない。(略)

『イリアス』がギリシア語で書かれた最初の奇跡的な作品だとすれば，福音書はギリシア語で書かれた最後の奇跡的な作品である。福音書では,「天の父の王国と正義」だけを追い求めるよう命じるのではなく,人間の悲惨さも人びとに見せ，神であり人間でもある存在（イエス・キリスト）でさえその悲惨さを経験したことを示した点に，ギリシアの精神があらわれている。

イエス・キリストの受難の物語は，肉体と結びついた神の精神が不運によって傷つけられ，苦痛と死を前にして震え，人間からも神からも切りはなされたと感じて悲嘆に暮れる様子をわれわれに見せる。人間の悲惨さという感情は，アッティカ悲劇(ギリシア悲劇）や『イリアス』に価値をあたえているギリシア的な素朴さを，イエス・キリストの受難の物語でも強調している。(略)力の支配について知っているのに,力を尊重することができないならば，愛することも公平であることも不可能である。

シモーヌ・ヴェイユ

「『イリアス』あるいは力の詩」

「カイエ・デュ・シュド」誌（1941年）

ラシェル・ベスパロフ

一方，ラシェル・ベスパロフは1943年にアメリカで出版した『イリアスについて』のなかで,古代人が考える「運命」と唯一神の意思を対照させることで,ホメロスの叙事詩と聖書の世界を比較している。

正義にかなったことをする勇気と戦闘を行なう雄々しさを，信仰による救いと詩による不朽の名誉を，未来のものとして約束された永遠性と完璧な肉体において具現化される無時間的永遠性を対比させて，聖書の思想とホメロスの思想の奥底には類似性があると指摘するのは，あまりにも危険なことだろうか。

たしかに運命の光をもたらしてくれる自分たちの保護者である神々を圧倒する英雄たちと，自分たちの存在によって唯一神の価値を高めている罪深い民族のあいだにはなんの共通点もない。しかし,「運命」という宗教と唯一神の崇拝は共に，神との関係を技巧や異常なまでの信仰に無理やり仕立てない，ということを前提としている。聖書の神は祈りによって触れることができるが，買収することはできない。神々の怒りを鎮めるための儀式はオリンポスの山に住む神々をなだめることはできても,運命を屈服させることはできない。(略)

聖書のなかでは，隣接する国々の恐るべき企てに身をさらし，あるときは戦いを受け入れ，あるときは運命を信じて独立の意志を失うことなく隷属状態で待ちつづける小さな国家を導くための，預言者たちのかけひきが見られる。それは，大国の威厳に隠れた弱さをあきらかにする，非常に巧みなかけひきである。

ギリシアの最初の歴史家でもあるホメロスの作品には，軍隊と農民が組織化された傲慢なアカイア人（ギリシア人）と,「金権政治」を行なう平和を愛するトロイア人のあいだで生じた紛争の，政治的・経済的原因に関する明快な分析がある。しかし，歴史的解釈が事実の詳細や因果関係の分析を論じつくしたあとには，われわれはできごとの根本のところ，つまり戦争，不合理，そしてアキレウス——こういったものの前に立たされる。ホメロスの作品でも預言者たちの言葉でも，つねに思考は社会の合目的性をつきやぶり，「存在」あるいは全き意味での「生」に対する宗教的肯定にまで到達する。

ナショナリズムは，聖書（ある人びとが称揚されるのは，その名が取りあげられるという点においてのみである）でもホメロスの作品（作者の個人的な好みを知ろうとしても無理なほど，登場人物は慈悲深く公平にあつかわれている）でも，民族を重視することすらもなじみがない。むしろ問題となるのは，すぐれて倫理的な思考のあり方である。この言葉が意味するのは，選択肢が与えられないことによって決断を迫られるという徹底した苦悩の傾向にあらわれる智のことであるのだが。「内面性というのは一瞬しかつづかない」と，（デンマークの哲学者）キルケゴールはいった。聖書とホメロスの思考が育まれたのは，その思考がたとえ歴史のなかに埋没したように見えても，まさにこの一瞬のあいだだったのである。

ラシェル・ベスパロフ

『イリアスについて』

(1943年)

7 ホメロスとホメロス作品の足跡を題材とした著作

ホメロスとホメロスの世界にまつわる謎は，ヨーロッパの文学に，文献学者や考古学者の登場する物語が出現するきっかけとなった。そうした物語で語られるのは，ホメロスやホメロスの作品に登場する英雄たちの生涯ではなく，ホメロスの詩の秘密をあきらかにしようとする学者たちの苦労や努力である。フィクションの形をとることで，ホメロスの詩の秘密をあきらかにしたいという激しい欲望は，よりいっそう確実に満たされることになった。

イスマイル・カダレ

アルバニアの作家イスマイル・カダレは小説『記録H』(1989年)のなかで，ヨーロッパの口誦詩《こうしょうし》を録音し，叙事詩の伝統的な起源をあきらかにすると共に，ホメロスの作品の成立過程を説明したアメリカの叙事詩学者ミルマン・パリーと助手のアルバート・ロードの研究を題材とした，資料的裏づけのある物語を展開している。

日が暮れると，シュテフェンは特別なときに使う背の高い石油ランプに火をつけた。宿屋はいま，祭りを思わせる特別な雰囲気をかもしだしていた。自分が今夜の主役であることを自覚している吟遊詩人だけが，離れた場所でじっと装置を見つめていた。ウィリーは時々彼のほうを見て，この非常に近代的な装置を前にした吟遊詩人がどのように感じているのかを想像しようとした。驚愕，恐れ，あるいは先祖たちに対する罪悪感だろうか。結局，吟遊詩人は動揺を隠すために平静さを装っているのだろうと，彼は結論を出した。

吟遊詩人の歌声とラフタ（伴奏用の弦楽器）の音は，何世紀ものあいだ無限のかなたへ消えていたが，いま，はじめて貯水槽に蓄えられる雨水のように，この金属製の箱に集められることになっていた。と，突然，彼は吟遊詩人の気が変わってしまうのではないかという不安にとらわれた。

「じゃあ，はじめようか」と，彼はマックスにささやいた。「ぐずぐずすることはないだろう」

マックスはうなずき，微笑みながら吟遊詩人をよんだ。助手たちは，機械の動きをテストしたり，マイクの位置を確かめるといった作業を黙々と進めた。全員が半円形に並び，大半は床にそのまま座った。みな，相変わらず黙ったままで，ウィリーは「静かにしてくれ！」といったが，すぐにその言葉は余計だったと気づいた。

「はじめてください」と，マックスは微笑みながら吟遊詩人にいった。ラフタの音が，装置のかすかな動作音をかき消した。それは非常に単調な音で，うっとりとした夢の世界に誘うようだった。ウィリーとマックスは，目を見かわした。吟遊詩人は，普通に話すときとはまったく違う声で歌いはじめた。それは不自然で冷たく画一的な声で，まるであの世のものであるような不安がにじみ出ていた。ウィリーは背筋が寒くなった。彼は何度も文章の意味を理解しようとしたが，声の調子が単調で不可能だった。彼は自分のなかに虚空が広がり，自分のはらわたが抜かれ，糸巻き棒から糸が引きだされるように自分の存在から中身がはてしなくとりだされていくような気がした。吟遊詩人の声は，聞く人のなかに穴をうがつ力があった。もう少しで，全員がその場でとけてなくなってしまいそうになった。しかしその前に，ラフタ奏者が演奏を終えた。

突然静けさが戻り，装置のかすかな動作音が聞こえた。マックスは急いで装置のボタンを押しに行った。（略）彼がいくつものボタンを順番に押していると，突然，先ほどよりもよく響く吟遊詩人の声が再生された。全員が，びっくりして身動きを止めた。吟遊詩人は口を閉じたままそこにいて，ラフタも演奏されていないのに，彼の声と楽器の音がふたたび聞こえたからである。とても信じられない。声と楽器の音が分離して独立した存在になっている事実には，なにかとんでもない秘密が隠されているに違いない，とでもいう雰囲気だった。

全員が装置のまわりに集まり，口をぽかんと開けて，回転砥石のようにまわっているふたつの金属製の台を見つめた。彼らの視線には，無言の疑問がたくさんこめられていた。たとえば，歌声がこの箱のなかに閉じこめられているにしても，どんなふうに閉じこめられているのか，という疑問である。

ふたりの主人公によってたくさんの録音が集められ，それまで非常にあいまいだった，不安定で一貫性のない叙事詩の輪郭が少しずつあきらかになっていった。以下は，ホメロスの作品との比較である。

（ホメロスの詩が）最初はやはり推敲されていない一種の詩の材料のようなものだったとすれば，それらをきちんと整理したホメロスの業績の偉大さはあきらかである。ホメロスから作者の資格を剥奪し，彼の評価を低くしている人びとがいるが，彼らはまちがっている。事実，ホメロスの場合，編集者としての功績は，吟遊詩人としての功績よりも勝っていたといえるだろう。

このような考察を重ねながら，彼らはホメロスが置かれていた状況をまとめようとした。ホメロスには，本も，分類用のカードもテープレコーダーもなく，それだけでは不足であるとでもいうように，視力さえもなかった。ああ！ と彼らは思った。これらがなにひとつ使えないのに，ホメロスは『イリアス』，というよりはむしろ，のちに『イリアス』になる『前イリアス』とでもいうものをまとめることができた。どのようにやったのだろう。彼らは何度も真実に到達したように感じたが，その後すぐに，ふたたび真実から遠ざかったような気がするのだった。(略)

これらすべては，ホメロスとは誰かという問題と密接に関係していた。天才的な詩人なのか，すばらしい編集者なのか，順応主義の思想家なのか，体制告発者なのか，空想家なのか。当時の出版者のような存在だったのか，オリンポス山の俗界の年代記作者だったのか，公式スポークスマンだったのか（『イリアス』の節のなかには，記者会見と非常によく似ているものがある），大勢の部下をもつリーダーだったのか。あるいは，そのようなものではまったくなく，個人ですらなく，集団だったのか。ホメロスの名前は「Homère」とつづるのではなく，頭文字を組みあわせた「H.O.M.E.R.E」なのか。

イスマイル・カダレ

『記録H』(1989年)

ガブリエーレ・ダヌンツィオ

『死都』(1898年）のなかで，イタリアの作家ガブリエーレ・ダヌンツィオは，叙事詩に登場する英雄たちの亡霊にとりつかれ，ミケーネの遺跡をホメロスが歌った英雄たちの世界の舞台に仕立てあげ，当時の考古学者たちがいだいていた夢を小説という虚構のなかで現実化した。彼はその少し前に，ドイツの考古学者ハインリヒ・シュリーマンが行なった王家の墓の発見を，きわめて正確に題材として利用している。以下は，発掘者のレオナルドがマケドニアのアレクサンドロス大王に語りかける場面である。

いまだかつて人間の目には見えなかった，この上なく重要で，この上なく奇妙な幻だった。信じられないほど豪華で，驚くほど華麗なまばゆい幻が，世にも不思議な夢のように，突然あらわれた。自分が見たものを，どう表現したらよいのかわからない。隣接する墓で，15の遺体がそれぞれ，無傷で黄金のベッドに横たわっていた。顔は黄金のマスクでおおわれ，額も黄金で飾られ，胸も黄金で飾られていた。体のいたるところ,脇腹も足も，過剰なほどの黄金で飾られていた。それはまるで，神話のなかの森に数えきれないほど多くの黄金の落ち葉が積もっているかのようだった。それは，何世紀も何千年もかけて，死が大地の闇のなかに蓄えた，言葉にできないほど壮麗で，目がくらむほど壮大で，輝かしい財宝だった。

自分が見たものを，私は本当にどう表現したらよいのかわからない。ああ，アレクサンドロスよ。あなたがここにいてくれたなら。あなたなら，どう表現したら良いかわかったはずなのに。(略)

一瞬で，私の魂は何世紀も何千年ものときを越えて，恐ろしい伝説のなかで息づき，古代の虐殺の恐怖のなかで震えていた。15の遺体がそこにあった。手足がすべて揃った状態で，まるでたったいま，殺害後すぐに，そこに置かれたかのようだった。遺体はわずかに焼けていた。火は，すぐに消されたのだろう。アガメムノン，エウリュメドン，カッサンドラ，王の護衛が，衣服，武器，王冠，壺，宝石など，高価な品々と共に埋葬されていた。

アレクサンドロスよ,覚えているだろう，ホメロスのこのくだりを。

「そして，壺と立てられたテーブルのあいだに，彼らは横たわっていた。部屋中が血で汚れていた。私はプリアモスの娘カッサンドラの悲痛な声を聞いた。裏切り者のクリュタイムネストラが，彼女ののどをかき切っていた」

一瞬のうちに，私の魂はこの荒々しい無限の人生を経験した。彼らはそこにいた。殺戮された王のなかの王，囚われの王女，御者，彼らの仲間たち。と，すぐに，そこ，私の目の前で，彼らは動かなくなった。立ちのぼる蒸気のように，消える泡のように，散るほこりのように，いいようのない不安定ではかない自分のように，すべてのものが沈黙のなかに消えた。私には，それらがこの沈黙そのもの，それらの輝かしい静止状態をとりかこむ必然的な沈黙に飲みこまれたように思われた。なにが起きたのはわからない。その場には，比類のない財宝，忘れられたあらゆる栄華の証拠である，山のような高価な品々だけが残った。(略)

空気に触れないよう，黄金のマスクが顔を守っていた。なので,顔は完全に残っているにちがいない。遺体のひとつは，ほかのものより背丈の点でも威厳の点でも飛びぬけていた。大きな黄金の冠をかぶり，黄金の鎧《よろい》と肩帯とすね当てをつけ，剣，槍《やり》，短刀，杯がまわりに置かれていた。半神以上に尊い存在であるかのように，体全体に花冠のような円盤状の黄金の光が無数にきらめいていた。

私は火の光で傷んでいたその遺体の上に身をかがめ，重さのあるマスクをはずした。ああ，私は本当にアガメムノンの顔を見ているのだろうか。これは，王のなかの王ではないのか。口もまぶたも開いていた。あなたは覚えているだろう，ホメロスのこのくだりを。

「瀕死の状態で横たわっていたとき，私は剣に手をのばした。しかし，妻はさげすむように遠ざかり，私がハデスの館（冥界）におりて行こうとしているのに，私のまぶたも口も閉じてくれようとはしなかった」

そう，遺体の口もまぶたも開いていた。彼の額は広く，冠の下は黄金の丸い薄板で飾られていた。鼻は長くてまっすぐで，あごは卵形だった。（略）すべてが光のなかに消え去った。ひとつかみの灰と，山のような黄金……。（略）

私は見た。見たのだ。そして，カッサンドラ！　私たちがあれほど愛したプリアモスの娘，「えり抜きの略奪品」！　あなたは覚えているだろう。アポロン神と同じくらいあなたが愛した女性を！　戦車の上で目も見えず耳も聞こえない彼女をあなたが気に入ったのは，「捕まったばかりの野獣のような彼女の姿」と予言の言葉に隠された謎めいた情熱のためだった。幾夜も，未来を予言する彼女の叫び声が私を起こした。彼女はそこに，私の前にいた。黄金の木の葉のベッドに身を横たえて。数えきれないほどの黄金のバラと蝶のついた服を着て，額には冠をつけて，首には首飾りをかけ，指には指輪をはめて。胸には，人間の運命の重さを量る黄金の天秤が置かれていた。無数の黄金の十字が月桂樹の4枚の葉をかたどりながら，そのまわりをかこんでいた。

そしてふたりの息子，テレダモスとペロプスも黄金で飾られ，無垢な2頭の子羊のように，彼女のそばに横たわっている。私はそれを見た。しかし，声を出してあなたをよんだとき，彼女は姿を消していた。あなたはそこにいなかった。あなたにも彼女の姿を見て，むき出しの帯に触ってほしい。（略）

ネストルの杯に似た，4つの取っ手がつき，小さな鳩の装飾がある見事な壺。全部が黄金の角《つの》のついた，全部が黄金でできた大きな牛の頭。花や葉や虫や貝殻やタコやクラゲや星の形に加工された何千枚ものプレート。黄金や象牙や水晶でできた想像上の動物。スフィンクス，グリフォン（ライオンの体と鷲《わし》の頭と翼をもつ怪物），キマイラ（ライオンの頭とヤギの体と蛇の尾をもつ怪物）。頭と腕に鳩を乗せた神々の小像。翼棟に鳩がとまった塔のついた小さな神殿。ライオン狩りやヒョウが彫刻された刀。剣と槍《やり》。象牙の櫛《くし》。腕輪，ブローチ，印章，笏《しゃく》，杖……。

ガブリエーレ・ダヌンツィオ

『死都』（1898年）

8 20世紀のホメロス

20世紀の人びとは，ホメロスの作品を読んで，みずからの生活との共通点や刺激を『イリアス』や『オデュッセイア』のなかに見いだした。フランスの作家ジョルジュ・デュアメルは，ドイツ軍占領下のフランスで書いたエッセー『20世紀のホメロス』(1947年) で，この感情を詳しく分析している。

まじめに学校の授業に出ていたヨーロッパの人間は，自分が聖書からどれだけ多くのものを得ているかを知っている。ホメロスの作品も同じだ。仕事やさまざまな関心事に忙殺される毎日でも，ときには立ちどまって彼のことを思えば，年老いたホメロスがまだそこに，われわれのあいだにいることに気づく。彼はわれわれの語彙のなかに言葉を，われわれの演説のなかにイメージを，われわれの画廊のなかに登場人物を残した。新聞を開けば，誰もが冒険談だと考える波乱に富んだ物語が展開され，トロイアの木馬（もっとも，トロイアのエピソードは『イリアス』では語られないが）と当然比較される策略の物語を見いだすことができる。

また,(海の怪物)セイレンやカリュブディスやスキュラ，(魔女）キルケ，(アキレウスの御者）アウトメドン，(ピュロス王）ネストル，アキレウスの性格，ホメロスの物語に登場する神話的な人物や伝説の場所を思わせる記述もひんぱんに見られる。

ヨーロッパの人間は，時々本棚からホメロスの作品を手にとる。はるか以前より，私がヨーロッパの人間とよんでいるこの教養あるフランス人は，ギリシア語の原文を苦労して読むことを断念してきた。しかし，たしかなことではないが，教養あるフランス人はおそらく，アルファベットの性質を知っている。いくつかの言葉はわれわれの言葉に似ていて，いくつかの固有名詞はそのままわれわれの文学に移植され，いくつかの詩句はかつて古典文学の研究がさかんだった時代に暗誦されたものである。

アンタイオス（海神ポセイドンと大地の女神ガイアの息子で，大地に触れているかぎり無敵だった巨人）のように，しかしわずかな時間だけ，教養あるフランス人は原初の土地に触れ，ずっと昔の初期の傑作にふたたび手をのばそうとしている。ところが，彼はすぐに本を閉じる。現代社会では，はてしない仕事，手ごわい問題，さまざまな危険や不安が襲いかかってくる。それらをすべて合わせたら，どんな天才的な力があっても手に余る。それでも，負担で押しつぶされそうな短い人生のあいだに，教養あるフランス人はホメロスの偉大な詩を10年ごとに読むべきだと私は主張する。3日でさっさと読んでしまうのではなく,落ち着いて,できればペンを手にして,3週間かけて読むべきである。学校や教師や宿題のことは忘れて，古い傑作と向きあい，何世紀ものときを越えて，幾世代ものうごめきと年月がざわめく夜を越えて，それらがわれわれにいまなおもたらしてくれるメッセージを探るべきである。(略)

約30世紀という時間と共に，われわれはホメロスが描く人間性から遠く隔たってしまい，その人間性はわれわれのものとは非常に異なるため，こんにちではなんらかの共通点，さらには密接な一体感を見いだすことは難しいのだろうか。そんなことはない。ほとんど有史以前ものであるこの人間性と，われわれの人間性はきわめて近いのである。ホメロスの作品に登場する英雄たちは，聡明で，頑固で，心配性で，悪知恵が働き，残酷で，けんか好きで，おしゃべりで，無礼である。彼らはみな個性的で，ほとんどの場合，非常に鋭い目つきから毅然とした性格であることがわかる。『イリアス』の戦士たちは，大半は勇敢である。しかし，きわめて強いという評判があるほかの英雄に一騎打ちを挑まれると，彼らはみな，それぞれ恐怖を覚え，そのことをほとんど隠そうとしない。(略)

年老いたものたちは，自分は年をとりすぎているという。若者は，慎重に口をつぐむ。リーダーたちは興奮し，「私を怒らせるな。そうでないと，ひどいことになるぞ」といった意味のことを口走る。ヘクトルは勇敢で好感がもてるが，アイアスと戦ったとき，彼はわずかにあとずさりした。現代の兵士なら，「彼は怖気づいた」とでもいうだろう。しかし，からかっているわけではない。ヘクトルとアイアスの一騎打ちでは，ふたりは武具を交換したあと，その場を去って，それぞれの陣営に戻る。

20世紀の人間は，笑ってこう考えるだろう。

「なんと幸運な戦争だろう。現代のように，原子爆弾も，戦車も，落下傘兵も，毒ガスもないのだから」

ヘクトルは勇敢だが，1940年代の一部のフランス人のように，内心では悲観論者である。彼は敗北を確信している。彼は勇敢だが陰気で，トロイアの解放について語るのも，ただの決まり文句のようなものである。アガメムノンも（ギリシアの英雄）ディオメデスも，負傷したときには大声で叫びながら後方へ逃げだす。彼らは「打ちのめされて」いる。彼らは，いまでいう迅速な撤退を要求する。このように，猛将がつねにプロパガンダ文学のためになる立派な主題を提供するわけではないのである。(略)

すべてのことがわれわれに，「われわれの戦争」を思いおこさせる。どんな小さなことも，われわれにとっては明確な意味がある。オデュッセウスとディオメデスは，ある晩ちょっとした偵察活動を行なったが，1914年から18年にかけて（第1次世界大戦の）フランス軍兵士も同じようなことをしたし，私がこの文章を書いているいまも，大勢の兵士が同じようなことをしている。オデュッセウスとディオメデスは，ドロンという捕虜を連れかえった。ドロンはあまり勇壮な人物とはいえないだろう。なぜなら,尋問された彼は「すぐに白状」し，オデュッセウスとディオメデスが知りたかったことをすべて話したからである。

これは戦争，われわれの戦争なのである。われわれはつねに，ホメロスの作品につきものの戦車について語るが，それは昔の話だと考えがちである。ところが，戦車はふたたび姿をあらわしたのだ。少なくともフランス語では，戦車という名前さえ変わっていない。(略)

ホメロスの時代にふたたび戻る。都市の住民たちは，自分たち自身で倉庫をつくり，肉を食べるためにささやかな家畜を育て，食物を入れる壺を手に入れる努力をしている。たとえば『オデュッセイア』のなかで，ホメロスが家を描写するとき，彼はほとんどつねに食物を「倉庫に」探しに行く場面を書いている。ところで，ホメロスの作品に登場する王たちは，牧畜民である。彼らは家畜を飼っている。彼らはわれわれのように，飢饉や混乱で愚かにも無一文になるということはない。(略)

もはや読者は，ホメロスが自分の2900年後の人間が今なお不幸を抱えて生きている姿を描き出した，その聡明さに感心すべきなのか。あるいは原初の苦悩へとふたたび陥るための発明しかしてこなかった人類の愚かさに感心すべきなのか，わからなくなってしまうのである。

ジョルジュ・デュアメル
『20世紀のホメロス』(1947年)

ホメロスを知るためのインターネットサイトと映画作品リスト

❖インターネットのサイト

http://w3.u-grenoble3.fr/homerica/

http://chs119.chs.harvard.edu/mpc：ハーヴァード大学ミルマン・パリー口誦文学コレクション

http://www.uni-tuebingen.de/troia/eng/info.html：テュービンゲン大学「トロイア・プロジェクト」

❖映画作品リスト

『パリスの審判』 ジョルジュ・アト監督 フランス 1902年

『カリュプソの島 オデュッセウスと巨人ポリュペモス』 ジョルジュ・メリエス監督 フランス 1905年

『オデュッセウスの帰還』 シャルル・ル・バルジー&アンドレ・カルメット監督 フランス 1908年

『トロイアの陥落』 ピエロ・フォスコ（ジョヴァンニ・パストローネ）監督 イタリア 1910～11年

『オデュッセイア』 フランチェスコ・ベルトリーニ&ジュゼッペ・デ・リグオロ監督 イタリア 1911年

『映画のなかのメネラオス王』 オットー・ルーヴェンシュタイン監督 ドイツ 1913年

『阿修羅王国』（第1部『ヘレナ掠奪』，第2部『トロイの陥落』） マンフレッド・ノア監督 ドイツ 1924年

『トロイ情史』 アレクサンダー・コルダ監督 アメリカ 1927年

『スパルタの王妃』 マンフレッド・ノア監督 イタリア 1931年

『トロイアの陥落』 テレビシリーズ『ユー・アー・ゼア』の1話 シドニー・ルメット監督 アメリカ 1953年

『パリスの審判』 マルク・アレグレ監督 フランス・イタリア 1953年

『ユリシーズ』 マリオ・カメリーニ監督 イタリア 1953年

『ユリシーズの帰還』 シドニー・ルメット監督 アメリカ 1954年（テレビ映画）

『ヘレン・オブ・トロイ』 ロバート・ワイズ監督 アメリカ 1955年

『トロイア戦争』 ジョルジョ・フェローニ監督 イタリア・フランス 1961年

『アキレウスの怒り』 マリノ・ジロラミ監督 イタリア 1962年

『トロイアの女王ヘレネ』 ジョルジョ・フェローニ監督 イタリア・フランス 1964年

『軽蔑』 ジャン＝リュック・ゴダール監督 フランス 1963年

『オデュッセイア』 フランコ・ロッシ&マリオ・バーヴァ監督 イタリア・フランス・ドイツ 1969年（テレビシリーズ）

『ユリシーズの祖国への帰還』 デーヴ・ヘザー監督 アメリカ 1973年（テレビ映画）

『ユリシーズの瞳』 テオ・アンゲロプロス監督 ギリシア 1995年

『オデュッセイア／魔の海の大航海』 アンドレイ・コンチャロフスキー監督 アメリカ 1997年（テレビシリーズ）

『ホメロス，最後の冒険物語』 ファビオ・カプリ監督 フランス 1998年

『オー・ブラザー！』 イーサン&ジョエル・コーエン監督 アメリカ 2000年

『トロイ・ザ・ウォーズ』 ジョン・ケント・ハリソン監督 アメリカ 2003年（テレビ映画）

『トロイ』 ウォルフガング・ペーターゼン監督 アメリカ 2004年

ホメロスの作品に登場するギリシアの神々と人物

❖神

アテナ：灰色の瞳を持つ処女神。戦いの女神だが，都市の守護神でもある。ギリシアの首都アテナイは彼女の名にちなんだものである。

アプロディテ：愛の女神。パリスにヘレネを自由にしてよいと認めたことがきっかけでトロイア戦争が勃発したとも考えられる。ヘパイストスの妻であるが，愛人アレスとの間にアイネイアスをもうけている。

アポロン：太陽神。ゼウスとレトの子。予言と音楽の神でもある。

アレス：戦争の神。ゼウスとヘラの子。アプロディテの愛人でもある。

ゼウス：ギリシア神話の主神。ヘラの夫。ヘレネ, アレス, アテナの父。ギリシアのあらゆる神々と人間を支配する最高権力者である。

テティス：海の女神。アキレウスの母であり，ペレウスの妻である。

ヘパイストス：火の神。ゼウスとヘラの子。アプロディテの夫。テティスに育てられ，すぐれた鍛冶師となる。アキレウスは彼がつくった武具を授かり，戦争に赴く。

ヘラ：ゼウスの妻であり，姉ともいわれる。アレスやヘパイストスなどの母。オリュンポスの神々のなかでも強い権力をもつ。

ポセイドン：海神。ゼウスの兄。無敵の神で彼に勝るのは兄のハデスだけだという。

❖英雄

アイネイアス：アプロディテとアンキセスの息子。ギリシア軍との戦いに参加する。クレウサと結婚し，トロイア陥落後も生き延びてローマ市の基礎を築く。

アガメムノン：ギリシア軍の総大将。メネラオスの兄。クリュタイムネストラの夫。

アキレウス：ギリシアの偉大な英雄。テティスとペレウスの子。『イリアス』では, 恋人ブリセイスをアガメムノンに奪われたアキレウスの怒りが主要なテーマのひとつとなっている。

オデュッセウス：ギリシアの英雄でイタケ王。ペノロペイアの夫。トロイアの木馬作戦の発案者とされる。『オデュッセイア』は, トロイア戦争終結から帰還にいたる10年間の彼の旅路がテーマとなっている。

ディオメデス：ギリシアの英雄。オデュッセウスの盟友。ヘレネに求婚するが断られ, 木馬に乗りこんでトロイアに侵入した。

ネストル：ピュロス王。ギリシアの賢将。

パトロクロス：アキレウスの親友。ヘクトルに殺される。アキレウスは彼の死によって戦いに戻ることになる。

パリス：プリアモスの子。３人の女神のなかでアプロディテをもっとも美しいと答え, 彼女はヘレネを自分のものにしてもよいと認めた。そしてパリスがヘレネを奪ったことで，トロイア戦争の発端となった。

プリアモス：トロイア王。ヘクトル，パリスなどの父。妻はヘカベ。

ペレウス：プティアの王。アキレウスの父。テティスの夫。

ヘクトル：プリアモスの子。トロイアの木馬に乗りこんだ兵士のなかでも指折りの勇者。戦場に復帰したアキレウスに殺される。

メネラオス：アガメムノンの弟。パリスに奪われた妻のヘレネを救出しにギリシア軍の副大将として戦争に臨む。

❖女性

アンドロマケ：ヘクトルの妻で，アステュアナクスの母。トロイア戦争で父と兄弟をギリシア軍に殺される。

ブリセイス：アキレウスの愛人。アガメムノンに連れ去られた彼女を取り戻すために，アキレウスはトロイアで戦いに臨んだ。

ヘレネ：世界一の美女。メネラオスの妻だが，パリスがトロイアへと連れ去る。

ホメロスに関連する略年譜

年・世紀	関連事項
前5世紀	プラトンが著書『イオン』のなかでホメリダイについてふれている。
13世紀	『トロイア物語』の著者ブノワ・ド・サント=モールが，ホメロスはトロイア戦争の100年後に生まれたと言及する。
15世紀中ごろ	ホメロスの作品のフランス語への抄訳が行なわれる。
1546年	ピエール・ブロン・デュ・マンが，小アジアの沿岸に位置するある遺跡がホメロスのいうトロイアだとのべる。
16世紀	モンテーニュが，ホメロスを「あらゆる知識をもったきわめて完全な巨匠」と評する。
1669年	フェヌロンがルイ14世の孫ブルゴーニュ公のために『オデュッセイア』の一部を書きあらため，『テレマックの冒険』という本にまとめる。
1687年	新旧論争（古典文学と現代文学の優劣をめぐる論争）が起こり，ホメロスの作品が批判の対象となる。
17世紀	ドービニャックが，ホメロスという名は，大勢の吟遊詩人からなるグループだったという説を唱える。
1716年	カイリュス伯爵が著書『コンスタンティノープルの旅』で，トロアスに行って逆にトロイアに関する疑問が大きくなったと記す。ダシエ夫人が『ホメロスのオデュッセイア』を翻訳出版する。
1717年	ピトン・ド・トゥルヌフォールが，イオス島ホメロスの墓を探したがみつからなかったと著作でのべる。
1789年	ヴィロアゾンが『イリアス』の完全な写本ヴェネツィアA（10世紀）を発見する。
1795年	フリードリヒ・アウグスト・ヴォルフがヴェネツィアA写本をもとに『ホメロス序説』を発表する。ショワズール=グッフィエの著書『トロアスの旅』がヨーロッパでベストセラーになる。
1846年	『ギリシア史』（1856年完成）を著したグロートは，ホメロスが実在したかどうか疑わしいとのべる。
1871~90年	ハインリヒ・シュリーマンがヒサルリックの丘を発掘し，9層からなる都市を発見，「プリアモスの財宝」など250点の金製品を掘り出す。
1890~94年	ヴィルヘルム・デルプフェルトがヒサルリックの丘の発掘作業を行なう。
1928年	ミルマン・パリーがソルボンヌ大学で博士論文「ホメロスにおける伝統的なエピテトン」を発表する。
1932~38年	カール・ブレーゲンがヒサルリックの丘の発掘作業を行ない，ホメロスが描いたトロイアは，トロイア第7a市であるという結論にいたる。また，メッセニアで大建造物の遺跡を発掘し「ネストルの宮殿」と名づける。
1933年	ヴィクトル・ベラールが『オデュッセウスの航跡をたどって』を出版する。
1933~35年	ミルマン・パリーがユーゴスラヴィアで吟遊詩人たちの調査を行なう。
1935年	ジャン・ジロドゥが戯曲『トロイア戦争は起こらない』を発表する。
1947年	ジョルジュ・デュアメルが『20世紀のホメロス』を発表する。
1951年	ミケーネ時代にギリシア本土からエーゲ海沿岸地方で使われていた線文字Bが解読される。

INDEX

あ

か

さ

INDEX

た

な

は

ま

や・ら・わ

出典(図版)

【表紙】

表紙背景◉『イリアス』の英雄たち　ヨハン・ハインリヒ・ヴィルヘルム・ティシュバイン『古代美術品をもとに描いたホメロスの人物たち』所収　第1巻　1801年
表紙手前◉キタラ奏者　パンアテナイア型の赤像式アンフォラ（部分）　前490〜480年ころ　ルーヴル美術館　パリ
背表紙◉同上
裏表紙◉ウォルフガング・ペーターゼン監督の映画『トロイ』から抜粋した一場面でのブラッド・ピット（アキレウス）　2004年

【口絵】

5◉ナイスコスと詩人の肖像　プリマトの画家による赤像式水がめ　前360〜350年ころ　ルーヴル美術館　パリ
6◉アテナイのメネステウスと戦うグラウコス　黒像式の古代の壺（部分）　前540年ころ
7◉ウォルフガング・ペーターゼン監督の映画『トロイ』から抜粋した一場面でのブラッド・ピット（アキレウス）　2004年
8◉アキレウスの前でひざまずくプリアモス　ティルスで出土したローマ時代の石棺（部分）　2世紀　ベイルート国立博物館
9◉アレクサンドル・アンドレエヴィチ・イワノフ『ヘクトルの遺体を返してくれるようアキレウスに嘆願するプリアモス』　カンバスに油彩　1824年　トレチャコフ美術館　モスクワ
10◉羊の腹の下に隠れてポリュペモスのもとから逃げだすオデュッセウス　アグリジェントで出土した黒像式レキュトス（部分）　前510年　州立古代美術博物館・彫刻館　ミュンヘン
11◉ヤーコブ・ヨルダーンス『ポリュペモスの洞窟のなかのオデュッセウス』　カンバスに油彩　1635年ころ　プーシキン美術館　モスクワ
12◉弓を引くオデュッセウス　アッティカ赤像式スキュフォス（部分）　前450〜440年ころ　ベルリン美術館　古代博物館
13◉トマ・ドジョルジュ『オデュッセウスと求婚者たち』　カンバスに油彩　1812年　クレルモン=フェラン美術館
15◉ホメロス　アントワーヌ=ドニ・ショデ作　1806年　ルーヴル宮殿の「方形の中庭」　パリ

【第1章】

16◉パトロクロスの遺体をめぐる戦い　ファルサロスで出土したクラテル（部分）　前530年ころ　国立考古学博物館　アテネ
17◉ポリュペモスの洞窟から逃げだすオデュッセウス　浮彫り装飾　ブロンズ　前6世紀後半　アポロン神殿　デルポイ
18◉パリスの審判　アッティカ黒像式水がめ（部分）　前520年ころ　古代博物館　バーゼル
19◉ブリセイスを奪われたアキレウス　アテナイで出土した杯（部分）　前480年ころ　大英博物館　ロンドン
20◉妻に別れを告げる戦士　アテナイで出土したスタムノス　クレオフォンの画家　前440〜430年ころ　州立古代美術博物館・彫刻館　ミュンヘン
21◉戦車に乗ってヘクトルの遺体を引きずるアキレウス　アッティカ黒像式水がめ（部分）　前520年ころ　ボストン美術館
22/23◉トロイアの木馬　ミコノスで出土したテラコッタの壺（部分）　前670年ころ　考古学博物館　ミコノス
24◉機を織るペネロペイアとテレマコス　アッティカ赤像式スキュフォス（部分）　前450年ころ　国立考古学博物館　キウージ
25◉求婚者たちの殺害　カプアで出土したカンパニア赤像式鐘形クラテル（部分）　前330年ころ　ルーヴル美術館　パリ
26上◉オデュッセウスとセイレン　ヴルチで出土した赤像式スタムノス（部分）　前480〜470年ころ　大英博物館　ロンドン
26下◉ポリュペモスの目をつぶすオデュッセウスと部下たち　黒像式アンフォラ（部分）　前520年ころ　同上
27◉オデュッセウスの部下たちを豚に変えるキルケ　アテナイで出土した赤像式ペリケ（部分）　前460年ころ　ドレスデン美術館
28◉アキレウスに武具を渡すテティス　黒像式水がめ（部分）　前550年　ルーヴル美術館　パリ
29上◉少年アキレウスをかかえるケンタウロスのケイロン　ニコステネスの赤像式アンフォラ　前520〜515年　同上
29下◉アイアスとヘクトルの一騎打ち　カプアで出土したアッティカ赤像式杯（部分）　前490〜480年ころ　同上
30◉ヘクトルの遺体を返してくれるようアキレウスに嘆願するプリアモス　アッティカ黒像式アンフォラ（部分）　前540年ころ　古代博物館　美術館群　ヘッセン・カッセル
31◉オデュッセウスの帰還　ペネロペイアの前に立つオデュッセウス　メロスで出土したテラコッタのプレート　前460〜450年ころ　メトロポリタン美術館　ニューヨーク
32◉ヘパイストスの手からアキレウスの武具を受けとるテティス　赤像式杯（部分）　前490〜480年ころ　古代博物館　ベルリン
33◉パトロクロスの火葬時にいけにえにされる捕虜たちと，トロイア戦争のそのほかの場面　ダリウスの画家による赤像式渦巻形クラテル（部分）　前340〜330年ころ　考古学博物館　ナポリ

【第2章】

34◉レンブラント『ホメロスの胸像を見つめるアリストテレス』　カンバスに油彩　1653年　メトロポリタン美術館　ニューヨーク

出典(図版)

35◉カルセドニーの沈み彫りに刻まれたホメロスの肖像　前1世紀ころ　フランス国立図書館　パリ
36上◉物乞いをするホメロス　17世紀の版画　同上
36下◉ホメロス　前5世紀のギリシアのオリジナルをローマ時代に複製した大理石像　ヴァチカン美術館　ヴァチカン
37◉ウィリアム・ブグロー『ホメロスと案内人』　カンバスに油彩　1874年　ミルウォーキー美術館
38◉フィリップ・ローラン・ロラン『ホメロス』　大理石像　1812年　ルーヴル美術館　パリ
39◉ギヨーム・ルティエール（1760～1832年）『アテナイの城門前で「イリアス」を歌うホメロス』　カンバスに油彩　ノッティンガム城美術博物館
40◉ホメロスの『カエルとネズミの戦い』から抜粋した版画　パリ　1540年　フランス国立図書館　パリ
40/41◉『オデュッセイア』第9～10歌　ゴランで発見されたエジプトのパピルス　前3世紀末　ソルボンヌ・パピルス古文書学研究所　パリ
42◉トロイアの滅亡　ヘクトルの息子アステュアナクスを城壁の上から投げ落とすネオプトレモス　ファレリイ・ヴェテレス（チヴィタ・カステッラーナ）で出土したエトルリア鐘形クラテル（部分）　前350～300年ころ　ヴィラ・ジュリア国立博物館　ローマ
43◉スキュロス王リュコメデスの娘たちのなかから女装したアキレウスを見破るオデュッセウス　ポンペイの壁画　1世紀　考古学博物館　ナポリ
44◉炎上するトロイアを離れるアイネイアス　ウェルギリウス『アエネーイス』のフランス語写本（部分）　1460年ころ　フランス国立図書館　パリ
46上◉オデュッセウスとセイレン　ブノワ・ド・サント=モール『トロイア物語』から抜粋した彩色挿絵　フランス語写本　13世紀　同上
45下◉『イリアス』から抜粋したページ　H・サレル訳のフランス語版　1545年　同上
46/47◉オデュッセウスとポリュペモス　ヴィルジリオ・リッカルディアーノの画家による15世紀の木製のチェスト（カッソーネ）のパネル（部分）　スティベルト博物館　フィレンツェ
48/49◉オデュッセウスとナウシカ　オデュッセウスとセイレン　カリュブディスとスキュラを相手に戦うオデュッセウス　アレッサンドロ・アッローリによるオデュッセウスの物語を題材としたフレスコ画の連作（部分）　1580年　パラッツォ・サルヴィアーティ　フィレンツェ
50右◉女神カリオペとホメロス　アントニオ・カノーヴァのテンペラ画　1798年
50/51上◉『イリアス』のヴェネツィアA写本（部分）　950年ころ　マルチャーナ図書館　ヴェネツィア
51下◉ホメロスの風刺画『ポエッツ・コーナー』から抜粋したマックス・ビアボウムの版画　ウィリアム・ハイネマン社　1904年　セントラル・セント・マーティンズ美術デザイン学校　ロンドン

【第3章】

52◉ヴィルヘルム・デルプフェルトが発見したトロイア第6市の遺跡　1893年
53◉ミケーネ5号墓で出土した，通称「アガメムノンの黄金のマスク」　国立考古学博物館　アテネ
54◉ピエール・ブロン・デュ・マン『東方への旅』所収のトロアスの地図（部分）　1553年
55◉トロイアの遺跡　クリストフォロ・ブオンデルモンティの写本から抜粋したスケッチ　15世紀　ヴァチカン図書館
56◉メアリー・モンタギュー大使夫人（1689～1762年）の肖像　ジャーヴェス・スペンサーの絵画　18世紀　リンカンシャー州議会　アッシャー・ギャラリー　リンカン
57◉アレキサンダー・ポープ訳『ホメロスのイリアス』所収のトロイア平原の地図　1715年
58左上◉シモエイス川の水源　ショワズール=グッフィエ『ギリシアの絵画的な旅』から抜粋した版画　1820年　ヴェルサイユ市立図書館
58/59上◉アイアスの墓　同上
58/59下◉パトロクロスの墓　同上
59上◉アキレウスの墓　同上
60上◉ハインリヒ・シュリーマンの肖像　1870年ころ
60下◉ヒサルリックの丘で発掘されたトロイアの遺跡　ドイツ考古学研究所　アテネ
61◉復元されたトロイア第6市　クリストフ・ハウスナーのイラスト　1998年
62/63◉復元された首飾り　前2300年ころ　トロイア第2市で出土した金製のオリジナル　先史・原史博物館　ベルリン
63中央上◉復元されたヘアピン　同上
63右上◉「プリアモスの財宝」と呼ばれる装飾品を身につけたソフィア・シュリーマン　1875年
63左下◉トロイア第2市で出土した三日月形の耳飾り　前2300年ころ　プーシキン美術館
63右下◉トロイア第2市で出土した，渦巻き模様がついた幅広の腕輪　前2300年ころ　同上
64◉ミケーネのライオン門　1890年ころ　ドイツ考古学研究所　アテネ
65上◉ミケーネの円形墓地　ハインリヒ・シュリーマン『ミケーネ』所収の版画　1878年
65下◉ミケーネ4号墓で出土した黄金のマスク　前16世紀　国立考古学博物館　アテネ
66◉「カリュプソの島」　フレデリック・ボワッソナ撮影の写真　ヴィクトル・ベラール『オデュッセウスの航跡をたどって』所収　1933年
67上◉復元されたピュロス

王ネストルの宮殿　ピエ・デ・ヨングの水彩画　1939年ころ　考古学博物館　ホーラ
67下◉「キュクロプスの洞窟」　フレデリック・ボワッソナ撮影の写真　ヴィクトル・ベラール『オデュッセウスの航跡をたどって』所収　1933年
68上◉武装した兵士　ミケーネで出土した戦士のクラテル（部分）　前13世紀　国立考古学博物館　アテネ
68下◉ミケーネで出土した，通称「ネストルの黄金の杯」　前16世紀　同上
69◉デンドラで出土した青銅製の鎧と，イノシシの牙が張られた兜　前14世紀　ナウプリア・ナフプリオン考古学博物館

【第4章】

70◉ミルマン・パリーが出会ったユーゴスラヴィアの吟誦詩人　1933～35年の写真　ミルマン・パリー口誦文学コレクション　ハーヴァード大学
71◉竪琴奏者とその同伴者の小像　ギリシア　ブロンズ　前7世紀　ポール・ゲッティ美術館
72◉船　黒像式キュリクス（部分）　アッティカ時代　前520～500年　大英博物館　ロンドン
72/73◉『オデュッセイア』第8歌の冒頭　1566年の版　フランス国立図書館　パリ
73◉キタラ奏者　パンアテナイア型の赤像式アンフォラ（部分）　前490～480年ころ　ルーヴル美術館　パリ
74左◉ミルマン・パリーの肖像　ミルマン・パリー口誦文学コレクション　ハーヴァード大学
74右◉ユーゴスラヴィアの吟誦詩人　1933～35年の写真　同上
75上◉ユーゴスラヴィアの伝統楽器（グスレとグダロ）　同上
75下◉セルビアの叙事詩を歌う吟誦詩人　オーギュスト・ドゾン『セルビアの叙事詩』所収の版画　1888年
76◉ユーゴスラヴィアの叙事詩の録音場面　1933～35年の写真　ミルマン・パリー口誦文学コレクション　ハーヴァード大学
76/77◉ユーゴスラヴィアの叙事詩の録音場面　同上
77◉ミルマン・パリーとアルバート・ロードが集めた録音をバルトーク・ベーラが楽譜に書きとったもの　自筆の楽譜　1942年　同上
78上◉テーベの兵器工場で出土した線文字Bの粘土板　前15～13世紀　ナウプリア・ナフプリオン考古学博物館
78下◉ライオン狩りの場面　ミケーネ4号墓で出土した，金銀を象眼した短刀　前16世紀　国立考古学博物館　アテネ
79◉サントリーニ（テラ）島のアクロティリで出土した「小船団のフレスコ画」（部分）　前16世紀　国立考古学博物館　アテネ
80下◉テーベで出土したテラコッタの書記像　前525～475年　ルーヴル美術館　パリ
80/81上◉ネストルの杯について暗示するギリシア文字が書かれた，壺あるいはスキュフォス（模写とオリジナル）　ピテクサイ（イスキア）で出土したもの　前735～720年　ヴィラ・アルブスト博物館　ラッコ・アメーノ　イスキア

【第5章】

82◉オデュッセウス（カーク・ダグラス）とセイレン　マリオ・カメリーニ監督の映画『ユリシーズ』から抜粋した一場面　1954年
83◉ジョサイア・ウェッジウッドが制作したペガサスの壺　1786年　ジョン・フラックスマンのデザインをもとにした「ホメロスの神格化」が描かれたもの　大英博物館　ロンドン
84上◉「イリオン，あるいはトロイア戦争の石板」　1683年の版画　フランス国立図書館　パリ
84下◉ホメロスの神格化　プリエネのアルケラオスによる大理石の浅浮彫り　ヘレニズム時代　前110年ころ　大英博物館　ロンドン
85◉通称「ゼノドトスによるイリオンの石板」　イリウペルシスを飾るローマ時代の大理石板　フランス国立図書館　パリ
86上◉ホメロス　コロポンのギリシアの硬貨　前250～150年　同上
86中◉座ったホメロス　スミルナのギリシアの硬貨　前1世紀　同上
86下◉アキレウスの墓にホメロスの詩を置かせるアレクサンドロス大王　ラファエロ（1483～1520年）の絵画　ヴァチカン宮殿の署名の間　ヴァチカン美術館　ヴァチカン
87◉シカンブリアの建設　ジャン・ド・クルシーの写本の彩色挿絵（部分）『ラ・ブークシャルディエール』　ルーアン派　1460年ころ　フランス国立図書館パリ
88◉『ヘレネの略奪』　グイド・レーニの絵画　1626年　ルーヴル美術館　パリ
89上◉オデュッセウスとセイレン　フェヌロン『オデュッセウスの息子テレマックの冒険』所収のボナールの版画　パリ　1717年　フランス国立図書館　パリ
89下◉オデュッセウスの船に岩を投げるポリュペモス　ル・プリマティスの絵画をもとにしたテオドール・ファン・テュルデンの版画　1633年　同上
90上◉コルフ島のアキレイオンの庭園にエルンスト・ヘルターが制作した，瀕死のアキレウスの像　1884年
90下◉ジョン・フラックスマンがデザインしたアキレウスの盾　ロジャー・フェントン撮影の写真　1857年ころ　大英博物館　ロンドン
91◉ハインリヒ・フュースリー『アキレウスとパトロクロスの亡霊』　カンバスに油彩　1803年　チューリヒ美術館
92/93◉ジャン・オーギュスト・ドミニク・アングル『神格化されたホメロス，あるいはホメロスの神格化』　カンバスに油彩　1827年　ルーヴル美術館　パリ
94/95◉ジャン・オーギュスト・ドミニク・アングル『アガメムノンの使者たち

をむかえるアキレウス』 カンバスに油彩 1800年 エコール・デ・ボザール パリ
96◉ルイ・エドゥアール・フルニエ『シェリーの葬儀』 カンバスに油彩 1889年 ザ・ウォーカー美術館 リヴァプール
97上◉ジャン・ジロドゥの戯曲『トロイア戦争は起こらない』を演じるルイ・ジューヴェとルネ・ファルコネッティ アテネ劇場 1935年
97下◉フェリックス・サルシオ『トロイア，トロイア戦争，東方問題の有史以前の起源』の抜粋 1915年
98上◉ジョルジョ・デ・キリコ『オデュッセウスの帰還』 1968年 ジョルジョ・エ・イーザ・デ・キリコ財団 ローマ
98下◉ジェイムズ・ジョイス『ユリシーズ』の表紙 1922年
99上◉ジャン=リュック・ゴダール監督の映画『軽蔑』から抜粋した写真 1963年
99下◉イーサン＆ジョエル・コーエン監督の映画『オー・ブラザー！』で片目の男を演じるジョン・グッドマン 2000年
100◉エクトル・ベルリオーズの歌劇『トロイアの人びと』で，カッサンドラを演じるデボラ・ボラスキー オペラ・バスティーユ 2006年

【資料篇】

101◉『イリアス』の英雄たち J·H·W·ティシュバイン『古代美術品をもとに描いたホメロスの人物たち』所収 第1巻 1801年
109◉『ホメロスのオデュッセイア』の本扉 ダシエ夫人訳 1716年 フランス国立図書館 パリ
112◉アキレイオンのムーサの庭 コルフ島

CRÉDITS PHOTOGRAPHIQUES

AKG 60h, 63hd. AKG/Werner Forman 84b. AKG/Erich Lessing 10, 12, 22-23, 24, 48, 49h, 49b, 94-95. AKG/Ullstein Bild 6. AKG/©Universal/Touchstone/Buena Vista 99b. Alamy 109. Antikenmuseum, Bâle 18. Antikensammlung, Museumslandschaft Hessen Kassel 30. Archives Gallimard 1er plat fond, 26h, 45b, 52, 54, 60b, 64, 65h, 81, 101, 107. Bibliothèque apostolique, Vatican 55. Bibliothèque Marciana, Venise /Center for Hellenic Studies of Harvard University 48-49h. Bnf, Paris 35, 36h, 40, 44, 45h, 72-73, 84h, 85, 86h, 86m, 87, 89b. Fred. Boissonnas 66, 67b. BPK Berlin, dist. RMN/Ingrid Geske-Heiden 32. BPK Berlin, dist. RMN/Klaus Göken 62, 63hg. BPK Berlin, dist. RMN/R. Ottria 34b. Bridgeman Giraudon 9. Bridgeman Giraudon/ Central Martins College of Art and Design, Londres 51b. Bridgeman Giraudon/Lauros/ Kunsthaus, Zurich 91. Bridgeman Giraudon/Lincolnshire County Council, Usher Gallery, Lincoln 56. Bridgeman Giraudon/ Museum of Fine Arts, Boston/Wiliam Francis Warden Fund 21. Bridgeman Giraudon/Nottingham City Museums and Galleries 39. Bridgeman Giraudon/ Walker Art gallery, National Museums Liverpool 96. British Museum, Londres 26b. British Museum, Londres, dist. RMN/The trustees of the British Museum 19, 72, 83, 90b. Chr Haussner 61. Coll. part. 57, 75b, 97b, 98b. Corbis/Sandro Vannini 90h. Dagli Orti/ Musée archéologique, Chora /Gianni Dagli Orti 67h. Dagli Orti/Musée archéologique de Nauplie Nafplion/Gianni Dagli Orti 69, 78h. Dagli Orti/Musée du Louvre/Gianni Dagli Orti 80, 88. Dagli Orti/Musée national archéologique Athènes/Gianni Dagli Orti 16, 65b, 68h, 68b, 78b. Dagli Orti/National Museum Beirut/Gianni Dagli Orti 8. D.R. 17. Enguerrand Bernand/Pascal Gely 100. Institut de papyrologie de la Sorbonne/Roland Capron 41. J Paul Getty Museum, Los Angeles 71. Jean Vigne/ Bibliothèque municipale de Versailles 58hg, 58hd, 58b, 58-59b, 59h. La Collection/Artothek 11. La Collection/Domingie et Rabatti 46-47. Leemage/Aisa 50d. Leemage/MP 86b. Leemage/Raffael 33. Leemage/Luisa Ricciarini 42, 43, 98h. Metropolitan Museum of Art, New York, dist. RMN/Image of the MMA 31, 34. Image used with the permission of the Milman Parry Collection of Oral Literature, Harvard University 70, 74g, 74d, 75h, 76, 76-77, 77.Musée national archéologique Athènes 79. Musée Pouchkine, Moscou 63bg, 63bd. Prod DB/©Lux Film/DR 82. Prod DB/©Warner Bros-Village Roadshow-DR 2e plat, 7. RMN/Christian Larrieu 1er plat, dos, 73. RMN/Thierry Le Mage 92-93. RMN/Hervé Lewandowski 5, 25g, 25d, 29h, 29b. RMN/René-Gabriel Ojéda 28. Roger-Viollet 13, 89h. Roger-Viollet/Boris Lipnitzki 97h. ©Rome Paris Film/Film Concordia/DR 99h. Scala, Florence 53. Staatliche Antikensammlungen und Glyptothek, Münich 20. Staatliche Kunstsammlungen, Dresde 27. Jean Vigne/ Bibliothèque municipale de Versailles 58hg, 58hd, 58b, 58-59b, 59h. Wikimedia Commons 35, 38. Wikimedia Commons/Maric Lan Nguyen 15.

………………参考文献………………

『ホメロスの世界』 藤縄謙三著 魁星出版（2006年）

『ホメロス』 ジャクリーヌ・ド・ロミーイ著 有田潤訳 白水社(文庫クセジュ)（2001年）

『ホメーロスの英雄叙事詩』 高津春繁著 岩波書店(岩波新書)（1992年）

『「イーリアス」ギリシア英雄叙事詩の世界』 川島重成著 岩波書店(岩波セミナーブックス)（1991年）

『オデュッセイア 伝説と叙事詩』 久保正彰著 岩波書店(岩波セミナーブックス)（1983年）

『ギリシア叙事詩の誕生』 松本仁助著 世界思想社（1989年）

『ホメロスとギリシア悲劇』 川島清吉著 公論社（1985年）

『ホメーロス辞典』 松田壮六編 国書刊行会（1994年）

『ホメロスにおける伝統の継承と創造』 岡道男著 創文社（1988年）

『トロイア戦争とシュリーマン』 ニック・マッカーティ著 本村凌二日本語版総監修 原書房(シリーズ絵解き世界史)（2007年）

『トロイア戦争全史』 松田治著 講談社(講談社学術文庫)（2008年）

『イリアス』(上下) ホメロス著 松平千秋訳 岩波書店(岩波文庫)（1992年）

『オデュッセイア』(上下) ホメロス著 松平千秋訳 岩波書店(岩波文庫)（1994年）

[著者] アレクサンドル・ファルヌー

ソルボンヌ（パリ第4）大学の考古学・ギリシア美術史教授。歴史家，考古学者。古代ギリシアの専門家。アテネ（ギリシア）のフランス考古学学院のメンバーとして，エーゲ海のクレタ島とデロス島で発掘作業を行なったことがある。著書に，『クノッソス，夢の考古学』（デクヴェルト・ガリマール，1993年）がある。……………………

[監修者] 本村凌二《もとむらりょうじ》

1947年生まれ。西洋古代史の専門家。文学博士。東京大学教授。おもな著書に『薄闇のローマ世界ー嬰児遺棄と奴隷制』（東京大学出版会），『多神教と一神教—古代地中海世界の宗教ドラマ』（岩波新書），『古代ポンペイの日常生活』（講談社学術文庫），『地中海世界とローマ帝国（興亡の世界史4）』『馬の世界史』（講談社）など多数。サントリー学芸賞，JRA馬事文化賞，地中海学会賞などを受賞。監修書に『図説　世界の歴史3　古代ローマとキリスト教』（創元社）などがある。……………………………………

[訳者] 遠藤《えんどう》ゆかり

上智大学文学部フランス文学科卒。訳書に本シリーズ84，93，97，100，102，106〜109，114〜117，121〜124，126〜131，134，135，137〜140，142〜150『私のからだは世界一すばらしい』（東京書籍）などがある。……………

「知の再発見」双書 151

ホメロス—史上最高の文学者

2011年4月10日第1版第1刷発行

著者	アレクサンドル・ファルヌー
監修者	本村凌二
訳者	遠藤ゆかり
発行者	矢部敬一
発行所	株式会社 創元社 本　社❖大阪市中央区淡路町4-3-6 TEL(06)6231-9010㈹ FAX(06)6233-3111 URL❖http://www.sogensha.co.jp/ 東京支店❖東京都新宿区神楽坂4-3煉瓦塔ビル TEL(03)3269-1051㈹
造本装幀	戸田ツトム
印刷所	図書印刷株式会社

落丁・乱丁はお取替えいたします。

©Printed in Japan　ISBN 978-4-422-21211-1